万榕

传播新知 优美表达

卫煌

吴清缘——著

SPM 南方传媒 | 花城出版社
中国·广州

图书在版编目（CIP）数据

卫煌 / 吴清缘著. -- 广州 : 花城出版社, 2025.
9. -- ISBN 978-7-5749-0568-9

Ⅰ. I247.7

中国国家版本馆CIP数据核字第20259S1X78号

卫煌

WEI HUANG

吴清缘/著

出版人 张 懿
选题策划 王会鹏
责任编辑 郑秋清
特约编辑 裴 楠
责任校对 张 旬
技术编辑 凌春梅
封面设计 任展志
出版发行 花城出版社
经 销 全国新华书店
印 刷 清淞永业（天津）印刷有限公司
开 本 880毫米×1230毫米 32开
印 张 8
字 数 155,000字
版 次 2025年9月第1版 2025年9月第1次印刷
定 价 49.80元

联系电话： 020-37604658 37602954

目　录

万物皆数

一

异变发生的时候，赵若飞是唯一一个观测到它的人。

那天赵若飞在Z大图书馆自习，为明天的“凝聚态物理学”考试作最后的复习冲刺，他从题海里抬起头，正看到自己的手机突然往下一坠。他下意识地伸手去拿，与此同时意识到刚才发生的一幕绝不可能发生：手机底下有桌板挡着，怎么可能会往下掉？他的视线顺着手机下坠的方向移动，然后就看到了难以理喻的景象——

他的手机“镶嵌”在桌板内部，然而桌板仍旧在那里。

换句话说，原本承载手机的那部分桌板所占据的空间，同时被桌板和手机所占据。

桌板与手机并不重叠，也没有融合在一起，因此赵若飞能看到两个坚硬的实体，在同一时刻，完全独立并且泾渭分明地共处于同一个空间。

这个“镶嵌”的过程持续了两秒多钟，然后在一瞬间，这一方空间里的桌板和手机，突然变成了一个银色的、大小和乒乓球差不多的小球，而课桌上则出现了一个不规则的洞。小球从洞中自由落体掉落在地上，接着兀自滚向了墙角，最终在墙壁的阻挡下停了下来。

赵若飞揉了揉眼睛，又狠狠地掐了一把自己的大腿，确认自己并没有在梦中。他第一时间想到的是报警，但很快就意识到报警并不能解决任何问题。眼前发生的事情超出了常理的范畴，也并没有造成多么严重的后果，而警方根本不可能作任何形式的调查。要弄明白这一切，只有通过研究那只由桌板和手机转换而来的神秘小球，而身为物理系博士生，物质的理化性质正是他的研究方向，而更重要的是，Z 大物理学专业全国顶级，这是此刻在他身后最为坚实的后盾。

赵若飞深吸了一口气，拿过一把直尺向神秘小球走去，他用直尺戳了戳小球的表面，小球没有任何反应。他鼓起勇气，伸手触摸小球，小球的表面温度和他的体温基本一致。他稍稍用力，用五指将小球抓起，居然没有成功，于是他加大力量又试了一次，仍旧以失败告终。他又一连试了五六次，每一次都使出了全身的力气，但仍旧无法抓起小球——

就好像所有的力量都从小球的表面溜走了一样，球的表面是如此光滑，以至于摩擦力小到他根本无法把小球抓起。

虽然无法抓起小球，但是赵若飞仍旧找到了把小球拿起来的方法。他把合拢的双手伸向球的底部，小心翼翼地捧起了小球，用手掌提供的支持力来对抗小球的重力。虽然小球的体积只有乒乓球那么大，但掂量着足有半斤多重。被赵若飞捧在手心的小球有着极高的反光率，不平坦的球面以扭曲的方式倒映着赵若飞的脸，像是对着一张只有半指来宽的哈哈镜。

赵若飞把小球揣进衣兜，收拾东西后快步走出图书馆。现在，他兜里装着的可能是一个全世界的物理学家都难以驾驭的谜团，而这个谜团令他不寒而栗。他一路小跑着回到宿舍，向化学系的舍友借了手机，拨通了Z大物理系主任韩量的电话。电话挂断前，Z大物理系主任韩量撂下了一句相当严厉的威胁："我现在就开车过来。但如果你是在搞恶作剧，那么从今晚开始，我就不再是你的导师。"

凌晨三点，Z大物理实验楼四楼仍旧灯火通明。韩量和赵若飞坐在走廊休息区的沙发上，被封装在特种塑料盒的小球就放置在两张沙发之间的茶几上。在此之前，他们辗转了六个实验室，进行了长达五个小时的测量和实验，而赵若飞平生第一次看到自己的导师也有苦着脸的时候。韩量五十多岁，长着一张国字大脸，眼睛不算很大，但在赵若飞的印象中总是十分有神，可现在，他耷拉着眼眸，半躺地坐在沙发上，大衣的一小块下摆被压在大腿下，于是整件大衣上就布满了褶皱。“闹鬼了。真的是闹鬼了。”韩量看向窗外的夜空，打破了疲惫而又让人窒息的沉默，“这个东西……它不应该出现在我们这个世界上。”

在过去的五个小时里，赵若飞所受到的震撼，要比他十几年里接受的科学教育要多得多。通过实验室的温度计进行测量，小球的表面温度低至 –273.15℃，即绝对零度，然而这是一个不可能的温度——绝对零度意味着物体内能为 0，构成物体的所有分子、原子或离子等微粒都停止运动，在物理世界中，绝对零度只可能被无限逼近，但永远无法达到。而更令韩量和赵若飞感到惊讶的是，虽然小球的表面温度为绝对零度，但是摸上去并没有冷的感觉，换言之，这个物体的表面温度虽然低到了极致，却几乎不吸收任何热量，抚摸小球几乎不会造成人体热量的流失，自然也不会有冷的感觉。

而根据实验室的摩擦系数检测仪的检测显示，小球的表面摩擦系数为 0，若以现有的测量精度为准，这个小球就是一个表面绝对光滑的球体。而在硬度测试中，无论对小球施以多大的外力，小球表面都不会有哪怕一个原子大小的形变，这意味着以现有的测量标准，小球就是一个绝对刚体，一种只存在于理论中的不会发生任何形变的物体。而当韩量和赵若飞测量小球的形状时，他们惊讶地发现，即便他们将测量精度提高到原子层次，这个小球也始终呈现出完美球体的形态——一个只在数学中存在的几何体，不存在任何误差。

世界上的最低温度纪录是由德国、美国、奥地利等国科学家组成的国际科研小组所创造的，他们在实验室内达到了仅比绝对零度高 0.5 纳开尔文的温度；世界上最光滑的物体是一块表面被抛光的极端光滑的半导体，其部分表面的高低起伏甚至不超过一个原子大小；世界上最坚硬的物质是由人工制备得到的钻石纳米棒聚合体，硬度超过天然钻石，但硬度计仍旧能在其表面留下痕迹；世界上最完美的球体是一枚造价一千五百万美元的纯硅球体，误差不超过三千万分之一毫米。而现在，在韩量和赵若飞眼前的这个小球，在温度、光滑度、硬度和形状的规则度上都已经超越了人类所知的极限。

这个世界上不存在温度为绝对零度的物体，不存在绝对光滑的物体，也不可能存在不会发生形变的绝对刚体和数学意义上的完美球体。因此，韩量和赵若飞一致认为，由于仪器的测量精度有限，而小球的温度、摩擦系数、形状误差、受力后发生的形变都极其微小，因此仪器无法测出四者的数值——这一判断出于逻辑推理，但也出于自我安慰，安慰自己这一物体并非完全不可理解。然而当韩量和赵若飞用电子显微镜观察小球的微观结构时，他们彻底陷入前所未有的困惑之中——

这台分辨率达到原子级别的无接触原子力显微镜，居然无法观测到小球内的分子、原子或离子。

无论将小球内部放大多少倍，他们观测到的始终是小球的银色表面。

换言之，在世界顶尖的显微镜面前，这颗小球居然显示不出任何内部结构！

“韩老师，您觉得这是什么？”赵若飞问道，“构成这个小球的物质，会不会是来自地球甚至太阳系以外？”

韩量点了点头，又摇了摇头。赵若飞清楚地看到，困惑与疲惫正从韩量的脸上消失，取而代之的是面对未知时的激动与兴奋。“这个东西不应该出现在我们这颗星球。”韩量指向了茶几上的小球，逐字逐句地说，“甚至也不应该出现在我们这个宇宙。”

“不应该出现在我们这个宇宙？”赵若飞嗫嚅着，“您的意思是……”

“明天我会联系院内的专家，同时上报中科院物理研究所，”韩量身体坐正，“你是事件的第一目击者，专家组到时候肯定会找你问一些问题，现在你先回去吧。”

赵若飞点点头，站起身，拎起书包。韩量仍旧坐着，凝视着前方空无一物的空间。“韩老师，您不走吗？”赵若飞背起书包，小声问道。

“我再坐会儿。”韩量笑了笑，“明天还要考试，加油吧。”

二

“这节课，我们先来打游戏，”卡吉坤Σ号教员指向了学生课桌上的虚拟现实眼镜，“一共十款游戏，各位，请慢用。”

学员们爆发出一阵欢呼，纷纷夸赞卡吉坤Σ号教员。三十分钟后，卡吉坤 Σ 号教员击掌喊停，学员们只好摘下眼镜，同时报以不满的嘘声。“这是你们第一次在课上打游戏，但恐怕也是最后一次，”卡吉坤 Σ 号教员敲了敲讲台前的触摸屏，“请问各位，你们在游戏中体验到的声音和画面，在本质上究竟是什么？”

“不过是一堆程序罢了。”朋可卿 δ 号学员回答道。

“程序本质上究竟是什么？”

“这是什么奇怪的问题？”阿基特 β 号学员嘟囔着，“不过是一堆 0 和 1 罢了。”

“答对了，但严格来说，是一堆 0 和 1 构成的二进制代码，”卡吉坤 Σ 号教员说，“因此 0 和 1 的排列组合，就是虚拟现实带来的所有感官刺激的本质。”

“你这不是废话吗！”阿基特 β 号学员说。

“别着急。”卡吉坤 Σ 号教员抬起了他那条呈圆柱形的胳膊，在触摸屏上写了一行二进制字符串，结尾处加上省略号：

10101110100010100000000000111111101101010101111111000 0101……

“假设以上这行二进制字符串就是某款游戏的二进制代码，省略号代表没写出的部分，现在我在它前面加上一个 0 和一个小数点。”说着，卡吉坤 Σ 号教员在触摸屏上添了两笔，屏幕上的数字变为 0.10101110100010100000000000111111101101010101111 110000101……

“于是我们看到，刚才的二进制字符串就变成了一个介于0和1之间的二进制小数。转换成十进制的话，就是0.49128379621138309……当然还是小数，”卡吉坤Σ号教员说，“所以，一款游戏，无论它如何逼真，其本质不过是一个0到1之间的小数而已。”

“但是这个数写出来也太太太长了，”麦可鼎ζ号学员摇了摇八角锥形的脑袋，“写到什么时候是个头啊！”

“所以我们不如换一种‘写’法，”卡吉坤Σ号教员在触摸屏上画了一条横线，“这是一根数轴，我们刚才讨论的那个小数就在数轴的0到1区间内。”卡吉坤Σ号教员一边说，一边在数轴上标出0和1，又在0和1之间的数轴上点了一个圆点。“这个点就是那个数，那个数就是那款游戏——所以那款游戏，本质上不过是一个点。”

“卡吉坤Σ号，这是不是就意味着，所有的游戏、音乐、电影乃至操作系统，都是0到1区间内的点？”多思科α号学员问道。

“没错。所有我们编写的和尚未编写的程序，都等价于0到1区间内的点，”卡吉坤Σ号教员说，“而宇宙也是这样。”说到这里，卡吉坤Σ号教员停顿了一下，他看到有几个学员的脸上露出了恍然大悟的表情。“游戏中的动作、对话、场景等全部加起来，在本质上是一行代码、一串数字和数轴上的一个点，”阿基特β号学员大声说道，“那为什么现实中的动作、对话、场景等全部加起来，不可以是一行代码、一串数字和数轴上的一个点呢？”

“说得很好。和计算机程序一样，宇宙中的物质、能量、时空结构和物理定律，其本质都是一组又一组信息，只要是信息，就可以用二进制来编码，”卡吉坤 Σ 号教员说，“将宇宙中所有的物质、能量、时空结构和物理定律进行编码，我们就得到了一行由 0 和 1 构成的字符串，然后我们再在这一字符串的开头添上 0 和小数点，于是整个宇宙就变成了一个小数。这个小数的位数可能很短，短到小数点后只有一位；也可能很长，譬如说无限长——”

“那不就意味着这个宇宙是无限的！”麦可鼎 ζ 号学员说。

“没错，”卡吉坤 Σ 号教员说，“每一个无限小数等价于一个无限的宇宙，每一个有限小数等价于一个有限的宇宙，并且它们都可以表示成数轴上的一个点——这就意味着，数轴上 0 到 1 区间里的每一个点，都等价于一个宇宙。”

“那我能不能这么理解，”朋可卿 δ 号学员说，“一个 0 到 1 之间的数，能以分数形式表现，能以小数形式表现，能以数轴上唯一确定的点的形式表现，也能以一个宇宙的形式表现？”

“漂亮的概括，”卡吉坤 Σ 号教员说，“并且重点在于，任何数字，还有任何数字的各种表现形式，它们都是永恒的存在。”

“永恒的存在？不见得吧，”阿基特 β 号学员说，“某一个数，或许真的能以一个宇宙的形式表现，但这个宇宙也有消亡的一天吧。”

“毫无疑问，有一些宇宙会有终结之日，但这并不能推翻我们刚才得出的结论，”卡吉坤 Σ 号教员说道，“我在屏幕上写下了某个数的小数形式，然后清空屏幕，请问屏幕清空之后，这个数的小数形式就不存在了吗?”

阿基特 β 号学员默然不语，卡吉坤 Σ 号教员继续说道:“你在屏幕上写下这个数的小数形式，就如同等价于这个数的宇宙诞生；而你在屏幕上擦除这个数的小数形式，就如同等价于这个数的宇宙消亡。这个数的小数形式在屏幕上被擦除了，但这个数的小数形式仍旧存在；这个宇宙消亡了，但这个数的宇宙形式仍旧存在。”

“听上去是这么一回事儿,”阿基特 β 号学员轻蔑地看着卡吉坤 Σ 号教员，“但所谓数的宇宙形式，也不过就是说说而已嘛。”

“说说而已?”卡吉坤 Σ 号教员露出了讳莫如深的微笑。

“下节课，我就给你们看看它们真实的模样。”

三

2030 年 1 月，中国新疆。

世界最大的环形正负电子对撞机即将首次启动。

这台环形正负电子对撞机位于准噶尔盆地地下三百米深处，全长二百千米，原本计划将于三月正式启动，却因神秘小球的出现而提前两个月启动。将要发生撞击的不是两束高能正负电子束，而是用高能电子束去轰击神秘小球。

在赵若飞发现神秘小球的第二天，针对神秘小球的特别研究小组迅速成立。小组由中国科学院物理研究所牵头，来自全国各地的顶尖物理学家飞赴北京，而其中就有Z大的韩量。而由于全程目击小球的生成过程，赵若飞也被列入了研究小组的名单之中。

研究和观察持续了三天，然而整个研究小组对于小球的内部结构仍旧一无所知。那块损坏的桌板并没有为研究带来任何帮助，它最终被证明只是一块普通的被镂空了一部分的桌板而已。在全球最精密的仪器的测量下，小球仍旧显得绝对光滑，呈现出绝对刚体和完美球体的面貌，并且无法被观测到任何内部结构。在现有仪器都束手无策的情况下，有物理学家提出，要获知小球的内部结构，就只剩下一个方法——

用正负电子对撞机生成的高能电子流，去轰开神秘小球的内部结构。

研究小组全票通过了这一提议，中国科学院高能物理研究所计划提前启动这台新落成的正负电子对撞机，同时，神秘小球的存在也向世界公开。最初的时候，世界各地的物理学家把这一切当成是中国物理学界开的一个荒诞不经的玩笑，然而当神秘小球运抵新疆，并接受了来自国外物理学家的观测之后，全世界开始意识到，这颗星球上出现了一个不可能出现的事物。它被一名中国的科幻作家命名为“绝对体”，而这个名称最终被物理学家所接纳：就像是数学中的完美几何体突然跳进了现实生活，它是那么优雅、纯粹而又绝对。

北京时间下午三点三十分，世界上最大的环形正负电子对撞机正式启动。电子束在加速器中以每秒接近一千五百圈的速度狂飙，最终被加速到光速的 99.9999999%，这些能量高达一百万亿电子伏特的电子的最终目标，是被视为撞击标靶的绝对体。

控制室内，全球最顶尖的物理学家将一同见证撞击的发生。在撞击之前，大部分物理学家认为，仅仅通过摄像机摄制的画面进行肉眼观察，并不能观测到绝对体被撞击后的反应。相对于宏观物体，高能电子束虽然具有极高的能量，但是在尺度上仍旧极其微小，即便电子束轰开了绝对体的内部结构，但由于事件发生在微观层次，仅凭肉眼根本不可能观测到变化的发生。而若要研究绝对体被撞击后所发生的变化，还是要从侦测器获取的数据着手，通过数据来弄清绝对体究竟哪个部分被“撞碎”，而被“撞碎”的部分又究竟是什么。

所以，当撞击发生的时候，偌大的控制室内，所有的物理学家都在观察身前显示器上所呈现的撞击数据，这是海量数据的冰山一角，却是计算机根据算法实时筛选出的最有价值的数据，这些数据来自撞击过程中微观粒子的信息，却并不来自绝对体本身。正因为如此，在撞击发生后的两分钟内，没人关心大屏幕上所显示的绝对体的实时画面，也没人知道绝对体发生了什么变化，直到提示设备故障的二级警报响彻控制室——

警报显示，加速器遭遇锐器贯穿。

控制室内的众人在慌乱之中纷纷抬起头，接着在大屏幕上看到了匪夷所思的一幕：位于撞击点的绝对体不知何时变成了一个极其细长的圆锥，它的底面半径小于两枚 1 元硬币叠加的厚度，而它的高则超过了一层楼房的高度，以至于整个圆锥的形状看上去更像是一根极其细长的针；这根细针状的圆锥戳穿了加速器管道，并且仍在不断地长高，长高的同时底面收缩，仿佛一根针在不断地变细，同时又在不断地拉长。在画面的右下角，显示着实时的形变数据：绝对体形变后生成的圆锥，其体积与原先的球体相同，而无论圆锥如何收缩拉长，其体积自始至终保持不变。

“调出录像和绝对体形态侦测数据。”中科院高能物理研究所所长王彬说。话音刚落，大屏幕上的画面被一分为二，一半显示出绝对体的实时影像，另一半显示出两分多钟前的录像和绝对体形态侦测数据。绝对体形态侦测数据显示，在撞击发生后的一毫秒内，绝对体表面出现了纳米级别的起伏；随着时间的推移，形变的速度和幅度加速上升，直到一分钟后，其表面显示出肉眼可见的轻微鼓突和下陷；在一系列连续而又紊乱的形变中，绝对体变成了一个高二十毫米、底面半径四十毫米的圆锥，而从这一刻起，绝对体的形变开始变得规则：圆锥的底面不断缩小，而高不断伸长，于是圆锥的形态逐渐从扁平变得细长。与之前的形变过程相似的是，随着时间的推移，圆锥的形变速度不断加快，它的底面很快缩小到比铅笔的尾部平面还小，而随着高度的延伸，绝对体最终戳穿了加速器的管道。

加速器并没有阻挡圆锥继续延展的脚步，它的锥尖穿透了正负电子对撞机最外层的金属壳，继而穿透厚重的岩石，向着地表不断地挺进，无论是金属还是岩石，没有任何东西能够阻挡这个圆锥延展它纤细的身躯。正负电子对撞机内的摄像机不可能捕捉到绝对体刺破岩层的场景，但是地表的摄像机拍摄到了绝对体穿过三百米的岩层后破土而出的画面：虽然圆锥体的底面直径还不如铅笔芯的直径，但它的银色表面不断地反射着强烈的日光，于是人们看到一束细长的光柱仿佛利剑般刺破了地面，光柱向上延展了二百多米后戛然而止，它就这样矗立在中国西北荒凉的戈壁上，看上去虚幻而又坚实。

“我们出去看看吧。”王彬说，接着转向了身边的技术员：“召集工程队，去把这个大家伙挖出来。”

第二天，这个高度高达五百多米，因极度细长因而大部分无法被肉眼所见的圆锥被横放在由防高温防冲击的材质打造的地板上，其四周和顶部被临时搭建的建筑物所遮蔽。圆锥的体积和重量与形变之前并无二致，连儿童都能将这个高度超过东方明珠的物体轻而易举地托起。在对圆锥体进行全面的测量后，物理学家得到了他们意料之中的结果——

这是一个在数学意义上完美的圆锥，表面温度为绝对零度，极其坚硬，绝对光滑，并且无法被观测到任何内部结构，因此仍旧是一个不折不扣的绝对体。

对于形变后的绝对体的初步研究告一段落，大部分物理学家返回控制室，绝对体将接受武警部队的二十四小时看管，严禁无关人员和野生动物的接触。“它坚硬到了极致，但是仍旧被我们‘撞’出了形变，”英国材料物理学家塞缪尔苦笑着说，“既然它能形变，就证明它不是绝对刚体——当然了，绝对刚体本来就不可能存在。”

“我们虽然不知道它的内部结构是什么，但是它一定存在内部结构。”王彬的目光越过众人，朝向绝对体所在的方位，“在高能电子束的轰击下发生了形变，这就是它有内部结构的最好证明。”

“不是绝对刚体，有内部结构，嗯，这个东西，至少还是可以理解的。”美国粒子物理学家汉娜说。

“它当然有内部结构，这是理所当然的事情。”俄罗斯科学院物理技术研究所所长谢尔盖在控制室内来回踱步，显得焦虑而又暴躁，“我想我应该把一个我们早就应该达成的共识再说一遍：这东西有着极高的硬度，意味着它的表面必然由某种极其致密的材料构成；而没有内部结构，就意味着它的内部也像它的表面一样致密。一个从里到外都这么致密的东西会变成什么？众所周知，它会变成一个黑洞，而不是一个如此变态的圆锥。所以，我们并没有得到任何新的结论！”

谢尔盖说完后，控制室内出现了一阵尴尬的沉默。这时一名研究员走进控制室，对王彬说：“数据的初筛和 AI 初步分析已经完成，是否要安排数据分析工作？”

“安排吧，”王彬说，“大家各就各位，辛苦了。”

预计不知猴年马月才能完成的数据分析工作只持续了一周就宣告结束，没人会料到数据居然如此清晰而简明，所有的数据反映出一个十分简洁的现实：那些最终撞击到绝对体的电子，在撞击的瞬间，全部消失不见了。

晚上七点，对于数据分析结果的讨论在会议室展开，王彬整理了一下手头的文件，首先发言道："对这一现象最简单的推测是，这些电子'撞'入了绝对体，但是并没有'撞'出来。然而根据我们对形变后的绝对体所进行的观测，我们并不能从它内部观测到这些电子，也无法观测到绝对体内部存在任何变化；或许这些电子和绝对体融合成了某种新的东西，但问题在于，我们没有任何证据。"

"数以亿计的电子神秘失踪，真是好一桩悬案，"谢尔盖说，"不过，既然它'吞掉'了这些电子，那就再一次证明了我们最津津乐道的陈词滥调，也就是这玩意儿一定有内部结构。"

"未必。"一直沉默着的韩量说道，他说话的声音不大，但是清晰而有力，"在我看来，它并没有任何内部结构。"

"韩教授，您这是在开玩笑了！"谢尔盖说，"首先，这个世界上就不存在没有内部结构的宏观物体。其次，无论是绝对体的形变还是电子的消失，都是它存在内部结构的最好证明。"

"这根本不是证明，"韩量说，"是'世界上不存在没有内部结构的宏观物体'的信条使我们先入为主地认为它一定有内部结构，于是，基于这个先入为主的判断，我们将小球的所有性质和撞击发生的所有事件都当成了它有内部结构的证明。"

谢尔盖眯起了眼睛，双手交握叩击着桌面："如果它没有内部结构，请问如何解释绝对体的形变和电子的消失？”

“试想一下，一个没有内部结构的物体，它只可能是什么？”韩量问道。

“基本粒子？”几名物理学家异口同声地说。

“和电子、夸克、中微子一样，这个绝对体是一个基本粒子，不可拆分，没有内部结构，是物质的最小单元。”韩量说，“当我们将它视为基本粒子的时候，所有的问题就都解决了。正是因为它是基本粒子，不存在任何内部结构，自然不存在任何形式的分子热运动，因此温度的概念对于它而言没有意义。然而作为基本粒子，它的体积决定了它会呈现出宏观性质，所以它有温度，但只能是绝对零度。作为一个没有内部结构的物体，外界的能量无法使其产生任何形式的分子热运动，因此它无法吸收热量，即便表面温度低至绝对零度，但摸上去不会感觉冷，而任何人都可以安全地触碰它。

“既然它是基本粒子，它就可以是绝对光滑的，或者说，它呈现出任何形状都是合理的；物体发生形变的基本前提是它们存在内部结构，然而由于它是基本粒子，不存在任何内部结构，所以在压力下不可能产生任何形变；它之所以如此坚硬，是因为它不可能产生形变，而并不是因为它的表面或内部由某种极其致密的物质构成，因此不存在密度上的悖论。综合以上结论我们可以看到，我们之所以测得它是一个表面温度为绝对零度、绝对光滑并且绝对坚硬的完美球体，并不是因为我们的仪器测量精度有限，而是因为它本来就是如此。当一枚基本粒子遭遇到高能电子束的轰击，由于它不可拆分，所以自然不可能被轰开，却因为在短时间内吸收了大量高能电子的质量和能量而被转化成了其他的基本粒子，而这就是我们昨天观测到的现象——

“它从球体变成了圆锥，这并不是通常意义上的‘形变’，而是从一种基本粒子转变成了另一种基本粒子，而撞击它的电子之所以会失踪，是因为它们的质量和能量都被绝对体完全吸收了。”

“这太扯了，”谢尔盖拍案而起，“一个五百多米长的基本粒子？这就是你几十年的物理教育在你脑袋里发酵出来的东西？”

“我的物理教育清楚地给出了对于基本粒子的定义，”韩量说，“电子是基本粒子，是因为它的尺寸特别小，还是因为我们无法观测到它的内部结构？”

“但是绝对体它……”

“电子、夸克、中微子之所以是基本粒子，本质上是因为我们无法观测到它们有进一步的内部结构。既然我们无法观测到绝对体还有进一步的内部结构，那么它就是一个不折不扣的基本粒子。”韩量说，“这就是我的物理教育带给我的结论。”

“这个推断简洁明了，而且优雅美观，相当吸引人。”王彬抿了一口茶，但是握着茶杯的手在微微颤抖，“如果它真的是一个基本粒子，绝对光滑，没有形变，就意味着这是一个绝对刚体，但是绝对刚体的存在显然违反了相对论和量子力学。”

“相对论和量子力学没有错，只是绝对体不在乎。”韩量说，

“如果绝对体来自另一个宇宙，那么它就不需要完全遵循我们这个宇宙的物理定律。”

谢尔盖蹙紧了眉头，他的额头因为激动而绽出了青筋：“来自另一个宇宙？这怎么——”

声音戛然而止，谢尔盖的眼睛突然瞪圆。他倒向了椅背，但身体仍旧保持着僵直的状态。在场人员立刻对谢尔盖展开急救，但当救护车到来的时候，谢尔盖早已停止了呼吸。尸检结果显示，在谢尔盖的颅腔内，大脑不翼而飞，取而代之的是一个边长五厘米左右的银色立方体——

一个绝对冰冷、绝对光滑、绝对坚硬、绝对标准的立方体。

四

卡吉坤 Σ 号教员挥了挥手中的黑色卡片，屏幕上出现了一根数轴，数轴的 0 到 1 区间位于屏幕正中。

“这是宇宙模拟程式，我将用它来演示我们上节课学习的理论。”话音刚落，屏幕前方出现了一个全息投影，是一个球形的透明边框，其内部空无一物。“我们模拟的虚拟宇宙将在计算机中运行，并将以模型的方式近似地呈现在全息投影中，”卡吉坤 Σ 号教员说着，圆锥形手指突然变得细长，顶点刚好触碰到全息投影的边框，“但请注意，边框本身不是虚拟宇宙的一部分，也不是虚拟宇宙的边界，它只是代表了全息投影的最大显示范围。”卡吉坤 Σ 号教员说着，又从口袋里掏出了一个白色的匣子，“现在，等价于虚拟宇宙的点正在数轴上快速移动，当我按下开关，这个点就会停下来，而它的位置就确定了。”

“但我们什么都没看到啊，”特尼岑 μ 号学员抬起她四棱锥形的手臂指向屏幕，“除了数轴还是数轴，哪有移动着的点呢？”

“能被你看到的‘点’就不是‘点’了，而是一个有面积的图形，”阿基特 β 号学员轻蔑地笑了，附着在头部的两个椭球体绽开了微妙的弧度，“既然是一个点，那它就没有面积，自然不可能被你看到。”

“但是为了能让大家直观地看明白到底发生了什么，我们还是用一个小圆圈来代表这个点吧。”话音未落，数轴上出现了一个黑色圆点，又过了片刻，它开始在数轴上飞快地移动。卡吉坤 Σ 号教员走到阿基特 β 号学员身边，把开关放在他的课桌上，“阿基特 β 号在上节课对我提出了质疑，所以我把开关交到他手上。他什么时候按下按钮，就决定了计算机会生成怎样的虚拟宇宙。”

阿基特 β 号学员拿起开关，却又把它搁在一旁：“我可以指定一个点吗？”

“可以。”

“我取 0，”阿基特 β 号学员说，“我想知道，0 所等价的，是怎样一个宇宙。”

“好。”卡吉坤 Σ 号教员用恢复原状的手指在输入器里输入了一行指令，数轴上的圆点陡然跳转到了 0，与此同时，全息影像突然消失。“好了，这就是 0 所等价的宇宙。”

“你在逗我。”阿基特 β 号学员说。

“这是现有技术所能达到的最逼真的模拟，”卡吉坤 Σ 号教员说，“在这个宇宙中，没有物质，没有能量，没有空间，没有时间。”

“没有空间和时间？”布磊柯 ε 号学员的立方体脑袋陡然大了一圈，“我能理解这个宇宙一无所有，那至少也得有一个空间，在这个空间里不存在任何东西，这才是‘一无所有’吧。至于时间……不管这个宇宙能存在多久，至少也得存在一定的时间吧？不管这个时间多么短暂，但再短的时间也是时间啊！”

“空间有结构，时间有长短。无论是空间的结构还是时间的长短，它们都是信息，是信息，就能被一系列 0 和 1 编码。所以，一个宇宙如果存在时间和空间，那么它就不可能等价于 0，”卡吉坤 Σ 号教员说道，“而等价于 0 的宇宙，信息为 0，因此不存在时间和空间，是彻彻底底的‘无’。”

“这怎么可能……”布磊柯 ε 号学员喃喃道。

“真理往往是反常识的，”卡吉坤 Σ 号教员说，“由于我们无法模拟出没有时间和空间的状态，因此只能以取消全息投影的方式来象征彻底的虚无。”

“真有你的！”阿基特 β 号学员说，“听着，我要取的第二个数，是 1。”

卡吉坤 Σ 号教员又输入了一行指令，接着，数轴上的圆点突然跳转到了 1。全息影像再次出现，边框内出现了一个又一个黑点，它们出现的速度快慢不定，在分布上完全不均，但看上去又像是遵循着某种规律。“计算机生成虚拟宇宙需要时间，所以当我输入新的数值，之前模拟的虚拟宇宙不会立刻消失，新模拟的虚拟宇宙也不会立刻出现；之前模拟的虚拟宇宙仍旧会存在一段时间，并逐渐被新模拟的虚拟宇宙取代。整个过程受到算法制约，因此看上去随机的取代过程其实存在着规律性。在转换过程中，两个宇宙间在物理定律上难免彼此冲突，因此计算机只能尽可能地创设出能够包容两者的环境。”随着时间的推移，投影内的黑点越来越多也越来越密，直到整个投影空间都被黑点所吞噬，“如你们所见，这就是等价于 1 的宇宙。”

“还是什么都没有啊。”麦可鼎 ζ 号学员说。

“恰恰相反。”卡吉坤 Σ 号教员说，“这个宇宙中有着无穷的空间和无穷的时间，无穷的空间里有着无穷的维度，空间里的每一个点，都是体积无穷小、密度无穷大的奇点。投影内的黑色代表空间里无穷多的奇点，当然这只是一个模型，因为奇点本身不存在颜色。”

“可是 1 没有小数位，或者它的所有小数位都是 0，那它怎么可能代表无穷大的宇宙呢?”阿基特 β 号学员问。

“在十进制下，1 严格等于 0.999999……；在二进制下，1 严格等于 0.111111……”卡吉坤 Σ 号教员说，“所以，1 这个数字蕴藏着无穷多的小数位，并且每一个小数位都取到了极大值。正因为如此，等价于 1 的宇宙有着无穷的时空和无穷的维度，并且无穷的时空和维度里都被无穷多的密度为无穷大的奇点所塞满。”

“这个宇宙很迷人啊。”麦可鼎 ζ 号学员说，“这是一个被彻底充满的宇宙！”

“不，这是一个极其单调的宇宙，一如等价于 0 的宇宙。”卡吉坤 Σ 号教员说，“绝对的‘满’和绝对的‘空’一样，处处相同，永远不会发生变化，乏味而死寂到了极致。”

话音未落，阿基特 β 号学员按下了开关。屏幕上，黑色的圆点从 1 跳转到了 0 到 1 之间，意味着一个全新的数字已经随机生成。全息投影有了新的动静，影像内的奇点迅速消失殆尽，取而代之的是稀疏分布着的物质。“这是一个多么优雅的宇宙！”卡吉坤 Σ 号教员惊叹道，“如此简明的物理定律，居然创造出了如此复杂的物质和能量结构！”

当大家的目光都聚焦在全息投影上的时候，丹思蓬 ω 号学员的视线却锁定着屏幕上的数轴，数轴上，等价于虚拟宇宙的圆点正在以极小的幅度跳动：“卡吉坤 Σ 号，这个点，是……是怎么回事？”

“有一成不变的宇宙，也有变化着的宇宙。对于那些变化着的宇宙来说，其物质、能量、时空结构乃至物理定律的变化都意味着宇宙的信息发生了变化，而信息的变化则意味着宇宙所等价的数字发生了变化，换言之，宇宙每一次的状态变化，都意味着这个宇宙等价于一个新的数，又或者说，同一个宇宙的不同状态等价于不同的数——我们眼前的这个宇宙正是这样一个宇宙，于是我们就看到，代表这一宇宙的点，就从数轴上的一个地方跳到了另一个地方，”卡吉坤 Σ 号教员说，“所以我现在要修正一个结论：数轴上的点所等价的，可能是一个宇宙，也可能是一个宇宙在某一刻的状态。”

丹思蓬 ω 号学员抖动着长方体形的双腿，随着有节奏的抖动，长方体的各条棱长不断地拉长又不断地收缩：“那再请问，这个虚拟宇宙的变化……呃，也就是代表这一宇宙的点在数轴上的跳动，是随机的，还是被完全决定的？”

“两种情况都有。有些宇宙虽然会变化，但它的变化过程完全被它的初始状态所决定，只要你明确了代表该宇宙的点这一刻在数轴上的位置，你就能计算出它下一刻会跳到哪里去。但是，还有些宇宙的变化存在着随机性，你无法预测代表这些宇宙的点下一刻会跳到什么地方。因此，这就是宇宙和电子游戏之间的区别——电子游戏是完全固定的程式，一串二进制代码或是一个有限位的小数就能明确地定义一个游戏，然而对于一部分宇宙来说，它们的变化存在着许多未知的可能，一个数字只能定义它某一刻的状态。而我们眼前的这个宇宙就是这样一个在变化上存在着随机性的宇宙，一方面，受到该宇宙中量子物理的影响，它的变化受到概率的制约，另一方面呢，在这个宇宙中诞生出了具有自由意志的个体——”

“虚拟宇宙也能诞生出生命和意识？”朋可卿 δ 号学员惊呼道。

“如你所见，眼前的宇宙正是如此。”卡吉坤 Σ 号教员指向屏幕，“而这个宇宙在变化上的随机性，除了受到量子物理的制约之外，可能还取决于智慧生命的自由意志，换言之，智慧生命基于自由意志的选择可能会影响到这一宇宙的变化。”

“可能?”多思科 α 号学员问。

“是的，即便是最权威的学者，对于这个问题也不能给出准确的判断。”卡吉坤 Σ 号教员说着，对全息投影进行了局部放大，“注意看，这是这个宇宙的基本构造：一个不断释放出光和热的星，周围有一些不发光的或呈固态或呈气态的小星体在围绕着它旋转。”

“天哪，这些星体的形状也太规则了吧!”朋可卿 δ 号学员惊叹道，“它们全都是标准的球体!”

卡吉坤 Σ 号教员笑了笑，默默地将投影画面放大，那颗发光的星体表面，翻滚着的等离子体紧密而又杂乱无章地排列着：“这些星体粗看之下确实是球体，但全是不规则的球体。在这个宇宙中，不存在绝对规则的几何形状。”

“可是这些星体是怎么形成的呢?”丽瑟斯 γ 号学员问道。

“这就涉及微观层次的物质结构了。”卡吉坤 Σ 号教员对全息投影又进行了一轮放大，直至整个全息投影内只剩下疏密不一的五彩斑斓的小球，“这就是构成这个宇宙的最小微粒的可视化模型。”

“为什么是模型?”朋可卿 δ 号学员说，“为什么不把它们真实的样子给我们看?”

"它们是这个宇宙的最小微粒，没有内部结构，不可拆分，也并不具备可见的形状，只能被视为没有体积的点，因此在投影中只能以模型的方式呈现，"卡吉坤 Σ 号教员说道，"但就是这些最小微粒，构筑了这一宇宙的物质和能量，并驱动着这些物质和能量进行演化，这就是在这个宇宙中不可能存在完美球体的原因。接下来，我们来看一下，这些最小微粒是怎样……"

"所以这个宇宙哪里优雅了？"阿基特 β 号学员粗暴地打断了他的教员，"一堆点状微粒拼出来的乱七八糟的宇宙，一个规则的几何体都没有，真是毫无美感可言！"

"你想要绝对规则的宇宙？"

"至少得像我们这个宇宙一样才有意思吧，"阿基特 β 号学员说道，"而我们这个宇宙的缺憾在于，其中还有许多部分并不规则。"

"阿基特 β 号，一个绝对规则的宇宙同样是一个绝对死寂的宇宙，它几乎和等价于 0 或 1 的宇宙一样死寂。"卡吉坤 Σ 号教员平静地说，"我会让你见识它的模样，但先等我讲完眼前这个宇宙再说。"

五

"我的学生是转化事件的目击者，但并不意味着他能看到谢尔盖的脑袋里发生了什么，"面对媒体的长枪短炮，韩量将赵若飞挡在了身后，"和你们一样，他对谢尔盖之死同样一无所知。"

谢尔盖死后，韩量回到了位于Z大物理楼的办公室，一连七天闭门不出。到了饭点，赵若飞从食堂为韩量带饭，白天就在物理楼一楼的自习区读书。和韩量一样，赵若飞没有回家，而是返回了Z大，在神秘的绝对体面前，相对于自己的家人，自己的大学和导师更能安抚他心中的恐慌。他知道韩量一定在研究绝对体，而在办公室过夜则是韩量广为人知的“怪癖”，每当遇到久攻不下的难题，韩量就会在办公室过夜，他曾经问过韩量为什么要这么做，韩量耸了耸肩，轻描淡写地说：“一旦换了环境，思路可就全断了啊。”

自谢尔盖身亡后，赵若飞就不断地遭遇到媒体的质询。面对记者，他不得不把自己在图书馆目击到的画面重复了一遍又一遍，并且反复重申，和大多数物理学家想的一样，他认为谢尔盖的大脑很有可能以相同的过程被转化成了绝对体，但是他并没有看到在谢尔盖的颅腔内究竟发生了什么，因此也不能断定谢尔盖的大脑是否经历了同样的转化过程。“我不知道为什么绝对体会选择谢尔盖，就像我不知道绝对体为什么会选择我的手机和手机底下的桌板，”面对记者咄咄逼人的架势，赵若飞感到惊惧而惶恐，“也许这只是一个彻彻底底的随机事件。”

赵若飞回到Z大的第五天，他在物理楼的楼梯间又一次面对媒体的追问，听到门外喧哗的韩量走出办公室，迎着记者站在了自己的学生面前，干脆利落地打断了记者喋喋不休的盘问。“据传在谢尔盖教授死前，您还和他有过一番争论，”韩量的出现似乎正中记者的下怀，“您认为谢尔盖的死，与他生前和您的争论是否有关?”

“绝对体的第二次出现，就意味着这不再是一起孤立的事件。不是一起孤立的事件，就意味着它很有可能已经出现了很多次，而不仅仅是两次，”韩量的目光依次扫过站在他面前的六名记者，“这并不是危言耸听，而是整个物理学界的共识，你们有这个精力和时间，不如到世界其他地方找找还有没有其他的绝对体。”

第三个绝对体很快被找到，它在印度农村的一片稻田中被发现，是一个标准的正四面体。无法确知它在何时生成，而它出现的时间完全可能在绝对体取代谢尔盖的大脑之前。在第三个绝对体出现之后，物理学家根据发现时间的先后顺序，将三个绝对体分别命名为绝对体 1 号、绝对体 2 号和绝对体 3 号。

绝对体 3 号被发现的消息曝光后，媒体很快对赵若飞失去了兴趣，蜂拥向发现第三个绝对体的印度农民。与此同时，被贮藏在真空容器中的绝对体 1 号和绝对体 2 号都陆续发生了无法解释的位移：在没有任何外力施加其上的情况下，两个绝对体以极其缓慢的速度移动着，并伴随着极其微小的加速度，平均速度为每小时 1.3 微米和 0.97 微米。而就在绝对体 3 号出现的第二天，韩量向中国科学院递交了一份报告，表示他能证明绝对体是基本粒子。

“绝对体的性质固然不可思议，但是它能滚动，能被触摸或托起，在失去支撑的情况下会坠落，这就证明了它和其他物体一样仍旧受到基本自然力的支配；而这就意味着，如果绝对体真的是基本粒子，那么我们的粒子物理标准模型就能套用在它身上——首先，我们的粒子物理标准模型应根据绝对体的存在而做出相应的修正，然后我们就能基于修正后的粒子物理标准模型对绝对体的行为做出预言。如果预言在实验中得到了证实，那就证明了修正后的粒子物理标准模型适用于绝对体，从而证明了绝对体是一个基本粒子。”在中科院物理研究所的会议上，韩量陈述了自己的报告，“我要做的实验很简单，让绝对体 3 号和绝对体 1 号相互碰一下。”

“只是简单的触碰？”王彬问道，“不需要额外条件？”

“是的，”韩量说，“只要它们能相互接触就行了。”

“要得到绝对体 3 号，我们还要和印方进行交涉，”研究所的一名院士说道，“我们为什么不用绝对体 2 号进行实验？”

“在绝对体 3 号出现之前，我就已经对绝对体的行为做出了预言并设计了相应实验，但我必须等到新的绝对体被发现后才能进行这一实验。我拒绝用绝对体 2 号做实验的理由是因为——”韩量垂下自己的眼睑，“绝对体 2 号来自谢尔盖的大脑，在未经死者生前同意的情况下，我们不能用死者的尸体来做实验。”

中科院物理研究所批准了韩量的实验，在与印方交涉后最终获得了对于绝对体 3 号的实验权限。与此同时，更多的绝对体在世界各地被发现，它们的发现地分别在洛杉矶的垃圾堆、西非渔场的渔获、巴西的亚马孙雨林、新西兰的牧场、法国阿尔萨斯－

洛林工业区一厂房的角落，形状分别是圆柱体、四棱台、椭球体、圆环体和七十二棱锥。而在其中，最令人诧异的并非七十二棱锥，而是在亚马孙雨林中被当地的伐木工人发现的椭球体，它的长轴居然绵延了七百多米；这意味着，自然生成的绝对体在形状上也可能像形变后的绝对体 1 号那样古怪，虽然它们并没有受到高能电子束的撞击。

在世界各地，绝对体受到了越来越多的关注，各种各样的猜想和假说层出不穷。阴谋论者把绝对体视为某些国家或组织的鬼蜮伎俩，宗教团体将绝对体视作神明、图腾或是诅咒，更多的人则抱着纯粹的好奇关注着这一系列神秘的事物，而无论出于什么动机，人们都迫切地想要知道绝对体究竟是什么东西。于是，全世界的目光都聚焦于韩量的实验，不仅是因为这个实验可能揭开绝对体的身份，还因为实验和实验要证明的预言是如此直观简明，直观简明得连学龄前儿童都能看得明白。

中国科学院决定将实验向全世界进行直播，直播入口开放后，半小时内就涌入了三亿多观众。实验在塔克拉玛干沙漠进行，在绵延不绝的沙丘上，孤零零地放置着一台发电机、两条机械臂和摆放在各个位置的摄像机和传感器，而包括韩量在内的实验人员，则远在二百公里外的控制室通过卫星信号遥控指挥。“谨慎一点儿当然是好的，”韩量对身边的实验员说，“但就算我用手把两个绝对体贴在一块儿，其实也没什么大不了的。”

实验开始，两条机械臂托起了绝对体 1 号和绝对体 3 号，随着机械臂的移动，两只绝对体逐渐靠拢。在全世界目光的注视下，绝对体 1 号的锥尖触碰到绝对体 3 号的侧面，接着，机械臂戛然而止，而全世界都目睹了接下来发生的变化——

它们彼此融合，合二为一，生成了一个新的绝对体，一个高是底面边长 3.5 倍的正八棱柱，其体积与质量正好是绝对体 1 号和绝对体 3 号之和——

这一切与韩量的预言完全吻合。

绝对体的接触实验又进行了三次，实验对象包括由绝对体 1 号和绝对体 3 号融合而成的新绝对体。基于韩量的研究成果，实验团队对三次实验的结果做出了预言，预言包括绝对体接触后会生成一个体积和质量是两者之和的新绝对体，以及新生成的绝对体的确切形状。三次实验融合出了三个形状迥异的绝对体，实验结果的方方面面都与实验之前的预言相一致。实验证明了预言，预言证明了绝对体遵守修正后的粒子物理标准模型，而绝对体遵守粒子物理标准模型的事实，则无可辩驳地证明了绝对体是基本粒子。借助修正后的粒子物理标准模型，韩量进一步在理论上验证了自己在新疆时就已得出的猜想：绝对体在形状、质量或体积上的不同，意味着它们是不同的基本粒子。

就当绝对体的身份被完全确认的时候，绝对体的神秘位移也得到了解释。基于修正后的粒子物理标准模型，中科院物理研究所联合欧洲核子研究中心的研究表明，绝对体会自动地相互靠近，直至相互接触继而融合为一个整体，这就是所有的绝对体都在发生位移的原因。而它们之所以会相互靠近，并不是因为它们之间存在着某种类似于引力或者磁力之类的力，仅仅是因为它们是绝对体——换言之，和粒子的自旋运动一样，这是它们身为基本粒子的内禀性。

对于绝对体的研究虽然进展迅速，但是在它们身上仍旧存在太多的谜团。它们从何而来又如何形成，这两个根本性的问题还是无法得到合理的解释。而到现在，仍旧只有赵若飞亲眼看到了绝对体的转化过程，这令全世界的绝对体爱好者艳羡不已，而赵若飞因此莫名其妙地成为全球关注的网络红人，他的微博在短短一周内累积了五千多万关注，在一些将绝对体奉若神明的宗教团体中，赵若飞被信徒们称为“被选中的人”。“转化发生的时候，我只是凑巧在那个地方，”赵若飞清空了自己的所有微博，只留下了一条言简意赅的声明，“我也许是个幸运的人，但也许恰恰相反。”

赵若飞发布微博的一个月后，全世界的人都共享了赵若飞所说的“幸运”。在一个晴朗的午后，美国自由女神像“嵌入”了下方的台基，而台基又嵌入了下方的底座，而底座的一小部分又嵌入了下方的地面，雕像、台基、底座和三厘米厚的地面在极短的时间内变成了一个巨大的斜平行六面体，而整个过程要比绝对体1号的生成过程要迅速得多。而就在自由女神像转化成绝对体不久，世界各地都目睹了绝对体转化事件的发生，小至一个螺丝，大至一栋建筑，而最可怕的莫过于发生于人体的转化——

在莫斯科的街头，一名三十二岁男子的整条手臂被转化成了一个球体；而在日本东京一住宅内，一名二十一岁的女子在家人面前被转化，整个人变成了一个圆台，唯一剩下的是额前的一缕长发。

绝对体出现的频率迅速上升，并且它们的出现毫无规律可言，相对于身体器官直接被转化成绝对体而导致的伤亡，绝对体引发的次生灾害更为致命：在东京的市中心，方圆二十平方千米的地面突然变成了立方体，位于这一片地区的建筑顿时垮塌，共造成三十多万人的伤亡；在巴西与巴拉圭交界处的伊泰普水电站，半条大坝在转瞬间变成了九棱台，水库中蓄积的河水顿时往下游奔涌而去，成千上万的下游居民横遭灭顶之灾；在法国格拉弗林核电站，反应堆外壳连带部分关键机组突然变成了一个椭球体，随之造成了史无前例的核泄漏，造成的核污染笼罩了整个欧洲地区。

山脉、河流、冰川、沙漠、森林、海洋……在地球的各个角落，绝对体正在加速吞噬着世间万物。而在地下，地壳与地幔同样在马不停蹄地转化成绝对体，在全球引发了史无前例的地震与海啸。大大小小的绝对体彼此靠近，速度从慢到难以察觉一直飙升到每小时数百里之快，它们在越来越频繁的接触中融合成越来越大的绝对体，而它们似乎注定要合并成一个整体——

一个没有内部结构的基本粒子。

“或许，我们的星球正在变成一个绝对体，”在联合国会议上，美国理论物理学家乔舒亚面对全世界人民悲怆地说道，“这是全人类的灾难，我们应该也只能做最坏的打算，希望……”乔舒亚的“望”字还没有完全说出口，一个有大半个纽约那么大的绝对体从地下破土而出，同时，在纽约沿岸，一个由五百立方千米大西洋海水转化而成的绝对体在瞬间生成。来自陆地与海洋的绝对体在碰撞之中形成了一个更为巨大的绝对体，它们摧毁了纽约，摧毁了联合国总部大楼，也摧毁了乔舒亚和他尚未说出的话。

韩量缺席了这次会议，他带着赵若飞来到位于约翰斯·霍普金斯大学内的詹姆斯·韦布空间望远镜地面控制中心，请求观测可能出现的天文异象。“根据我的推断，看上去随机发生的绝对体转化事件其实存在着规律。但到现在为止，对于这一规律，我只能得出一个模糊的框架，而我，或者整个人类，几乎不可能有时间去弄清这一规律的全貌。但就从这个框架出发，我几乎可以断定，宇宙中的许多天体已经或者正在转化成绝对体，更重要的是，现在我们极有可能观测到天体转化成绝对体的痕迹，它们或许在几光分之内，也可能在几百亿光年之外。”韩量对赵若飞说，“你是第一个见证绝对体的人，也有资格见证宇宙变成绝对体的画面。”

美国东部时间凌晨两点，借宿在约翰斯·霍普金斯大学内的韩量被一阵急促的电话铃声叫醒，电话那头，詹姆斯·韦布空间望远镜地面控制中心的负责人之一汤姆逊惊恐万状地说：

“韩教授，您说的事情成真了……天哪，越来越快了……您一定要尽早来！”当韩量和赵若飞来到控制中心的时候，他们在屏幕上看到了难以置信的景象——

距离地球十亿光年之外，五万多颗恒星同时熄灭。

下一刻，数十万颗恒星同时消失在了望远镜的视野之中。

“刚开始还是一颗一颗地消失，然后是几十颗、几百颗、几万颗!”汤姆逊说着，瞥向了身前的计算机屏幕，屏幕上显示，成千上万个星系正在陆续消失，“天哪，莫非史隆长城……”

一分钟后，长达 13.7 亿光年、由数以亿计的星系构成的巨大结构，永远地消失在了人类的视线之中。

六

“关于这个宇宙，我们就描述到这里。”卡吉坤 Σ 号教员输入了一行命令，数轴上的圆点突然出现了大幅度的跳动，“接下来，各位将看到一个如阿基特 β 号所期望的、一个绝对规则的宇宙。”

全息投影锁定了一颗不发光的固态星体，它正围绕着一颗比它大得多的、发出蓝色光芒的星体旋转。在这个尺度下，这颗固态星体表面的凹凸起伏清晰可见。紧接着，这颗星体的表面出现了时断时续的形变，一个又一个银色的标准几何体在它的表面不断生成，直至它们几乎完全占据了整个星体的表面。接着，在一阵急遽而复杂的形变之后，整颗星体变成了一个完美无缺的银色立方体。

“和之前一样，输入新的数值后，新生成的虚拟宇宙会逐渐取代之前的那个虚拟宇宙，”卡吉坤 Σ 号教员说，“最终，这个生机勃勃的宇宙走向了终结，并被这个在几何上绝对规则的宇宙取而代之。”

卡吉坤 Σ 号教员话音未落，全息投影显示的范围开始变动，它从那颗不发光的固态星体上移开，锁定了那颗发出蓝色光芒的星体，只见那颗蓝星在一瞬间变成了一个标准的圆锥。而在投影边缘，围绕着这颗蓝星旋转的大大小小的星体也几乎在同时变成了标准几何体。悬浮着的几何体以越来越快的速度彼此接近，在接触之际融合成更大的几何体，最终，以蓝星为中心并包括蓝星在内的所有星体，全都融合成了一个巨大的六棱柱。

就在这时，全息投影的显示范围急遽扩大，越来越多的星体被纳入到全息投影之中，它们以不同的速度和顺序转化成了标准几何体。“和等价于 0 或 1 的宇宙相比，将被取代的虚拟宇宙要复杂得多，因此整个转换过程会比较漫长。”卡吉坤 Σ 号教员说，“在取代过程结束之前，你们可以猜一下，这个新的虚拟宇宙最终会变成什么样子。”

“一个标准的几何体。”几名学员异口同声地说。

话音未落，一个崭新的宇宙出现在了投影上：

一个绝对标准的球体，充盈了这个宇宙的所有空间。

“太完美了！”阿基特 β 号学员激动地说，二十七棱柱形的身体剧烈颤动着，“所以这个宇宙是由什么构成的？它有着怎样的内部结构？快放大，快放大让我们看看！”

卡吉坤 Σ 号教员默默地将投影放大，很快，整个投影都被银色所占据。

“我要看内部结构，不是表面！”

“这就是它的内部结构，已经放大了 10 的 1000 次方倍了。”

“难道……难道说它没有任何内部结构？”阿基特 β 号学员本就扁平的二十三面体脑袋变得更加扁平，“这怎么可能？！”

“没有内部结构，完全不可分割，这个宇宙本身就是一个巨大的基本粒子，”卡吉坤 Σ 号教员说道，“因为它绝对规则。所以它绝对死寂。”

七

“那么多星星……刚才还亮着……”汤姆逊惊恐地说，“怎么说没就没了？”

“不，它们早没了，”韩量说，“十亿年前，就没了。”

控制中心里的人们很快就理解了韩量的话，韩量所描述的是一个最最基本的科学事实。史隆长城距离地球十亿光年，来自史隆长城的光需要走十亿年才能到达地球，因此人类看到的史隆长城始终是它十亿年前的模样。而现在，当人类观测到史隆长城消失，就意味着史隆长城其实早在十亿年前就已经熄灭了。

“不过，或许我们仍旧能看到它的遗骸，”韩量深吸了一口气，他的脸色突然变得无比苍白，“这么大尺度的结构，即使不发光，也一定能留下蛛丝马迹！”

詹姆斯·韦布空间望远镜验证了韩量的猜想，控制中心的计算机根据引力透镜和周边星系因史隆长城的熄灭而发生的异常活动，间接地分析出了史隆长城熄灭后的形态——

构成史隆长城的不计其数的群星，全部变成了一个巨型的三棱锥。

在场的人们陷入巨大的惊惶之中，韩量却长出了一口气，像是解开了一个心结：

“我的推断是对的……但这已经不重要了。当史隆长城熄灭的时候，人类作为一个物种还远远没有出现，是难以置信的好运，让地球和人类平安地演化了这么多年。”

“有没有天体能幸存下来呢？”赵若飞平静地问。灾难发生的时候，赵若飞也经历过心理上的崩溃，但韩量的冷静和理性，最终帮助他接受了这必将到来的结局。

“整个宇宙都会变成绝对体——一个单独的绝对体，规则而又完美到极致，”韩量苦笑着摇了摇头，“我们出去看看吧。”

韩量和赵若飞踏出了控制中心的大门，他们诧异地发现，空中的月亮不知何时变成了银色的三角形。“就在我们观测史隆长城的时候，月球也变成了绝对体，而我们只能看到月球被太阳照亮的部分，”韩量说，“它可能是一个三棱锥，也可能是一个三棱柱、四棱锥或者其他几何体……不过，这也已经不重要了。”

人类并没有灭亡，但是文明已经寿终正寝，早已风雨飘摇的人类秩序因为月球转化成了绝对体而彻底崩解，整个世界完全陷入末日来临时的暴力与狂欢之中。与之相伴的是不断发生的绝对体转化事件，每天都有数以百万计的人口因绝对体的转化而死亡，而灾难与流血又催生出更多的暴力与狂欢。

凌晨五点的时候，太阳逐渐升出地平线，倾斜的阳光有气无力地照射着正在被绝对体占领的地球，还有陷入绝望的人类世界。当太阳彻底跃出地平线的瞬间，毫无征兆地，它忽然消失不见，而燃烧了45.7亿年之久的太阳，在8.3分钟之前变成了一个九棱台。

三个多小时后，一个横跨一亿光年的八万两千三百一十二面体吞噬了最后一个光子，由于吸收了这一个光子的能量，它最终变成了一个光滑而完美的球。这是一个基本粒子，这是另一个宇宙，这是0到1之间的某一个数的一种表现形式。它也许会消失，就像写在黑板上的数字会被擦除一样。然而，正如黑板上的数字被擦除但是数字本身仍旧存在，这个宇宙的消失并不妨碍它的永存。数字0永存，数字1永存，等价于0和1的宇宙永存，诞生过地球和人类的宇宙永存——

正如永恒的数字，所有存在、存在过或者未曾存在过的宇宙永存。

尾声

“卡吉坤Σ号，我请求在数轴上再找一个宇宙。”阿基特β号学员说。

“可以。但现在快下课了，”卡吉坤Σ号教员说，“找到以后，我们也只能粗略地看一下了。”

“我要找我们的宇宙，”阿基特β号学员说，“我们的宇宙在数轴上的什么位置?”

“很抱歉，我找不到。”

“什么?”阿基特 β 号学员大吼道，“为什么?!”

“因为我们的宇宙是超脱于数轴的存在,”卡吉坤 Σ 号教员的脸上露出了讳莫如深的笑容，“数轴上虽然有无穷多的点，但并不意味着它包罗万象。还有很多东西，就比如我们所存在的这个宇宙，它们并不存在于数轴所蕴含的无穷之中，而是置身于更高级别的无穷。”

阿基特 β 号学员陷入了沉思，头一回，他完全无法理解卡吉坤 Σ 号教员所说的话。然而他的沉思很快被巨大的嘈杂声打断——

“下课。”卡吉坤 Σ 号教员说。

紧接着，班级里响起了一阵热烈的欢呼。

首发于《科幻世界》2020 年第 9 期

诗魂

“来稿已读。诗歌意象新颖，有先锋感，但是表达过于混沌，未达到发表要求，故不拟采用，尚祈见谅。”

邮件客户端推送这则退稿信时，邵图正坐在电脑前敲下新诗的最后一个句号。头一次，刚刚输入的句号在他眼中像是一个上下被微微压扁的 0，隐喻着他创作生命的终结：

刚才他所写的是人生中的最后一首诗。

他将这首诗通读了一遍，删去了十二个字，然后将它投递给刚刚给他寄送退稿信的电子邮箱。可以预料到的是，他将收到半年来的第十二封退稿信，并且内容和他刚刚收到的退稿信一模一样。二十年来，他给这个邮箱投递了两百三十七份稿件，收到了两百三十七封一模一样的退稿信，随着时间的推移，投稿和退稿几乎成了一种心照不宣的仪式。在他第二十次收到退稿信的时候，他曾发邮件质疑为什么自己所收到的退稿信内容雷同，并由此怀疑编辑是否认真读过他的作品，而他得到的答复是，他之所以会收到相同的退稿信，正是编辑认真审读的结果——

“很抱歉，意象新颖然而表达混沌，是您在创作中长期存在的问题。”

这封回信令他惭愧不已，时至今日，他都对自己不切实际的怀疑感到羞耻。二十年来，他给十几家杂志投过稿，只有风禾杂志社会给他寄送退稿信，而投给其他杂志社的稿件全都杳无音信。因此，他就理应对这些退稿信充满感激，而不应该对投递这些退稿信的编辑抱以怀疑。慢慢地，这种交杂着感激之情的愧疚感逐渐演变成了带着谦卑的依赖：

这些给他回复退稿信的编辑是他唯一的读者，正是他们二十年如一日地阅读他拙劣的诗作。

二十年了，该放弃了。邵图无声地说道。二十年来，他所写下的每一个字词和每一个标点都只能证明他的才华是多么贫瘠，证明这二十年来自己所追寻的不过是一场荒唐而又苦涩的梦。倘若他的人生有大把的时间可供挥霍，他当然可以继续投入拙劣的创作之中，然而他只是一名在私企朝九晚九、一周上六天班的普通职员，这就意味着他已经为自己糟糕的诗歌浪费了太多的时间，而他早就应该及时止损——

譬如现在，他就应该和他的同事一样主动地申请加班，或者以自学或报班的方式去学一门新的技术，接着存钱、买房、娶妻、生子，过着充实而又千篇一律的人生。

但……还是于心不忍哪。邵图摩挲着自己案头的五本诗集，封面上书写着济慈和海涅的名字，泛黄的纸张镌刻着流水般的岁月，也记载着他久未动摇的初心。三十年前，五岁的邵图在客厅的茶几上发现了这些装帧精美的诗集，这是他在家中找到的唯一的书本；当他成年以后，他才知道当年的这些诗集不过是父母为了装点门面放在客厅的装饰。从小到大，他的父母从来没有为他购置过任何书籍，而出于保护视力的理由，他们又严禁邵图在学龄前使用包括手机、平板和电视在内的任何电子产品。于是，对学龄前的邵图而言，那几本绝大多数成年人都敬而远之的诗集，就成了一个五岁孩子唯一的精神食粮。

最初的时候，邵图对这些诗集并没有多少兴趣，而他之所以反复阅读它们仅仅是因为他找不到别的东西可以读。但随着时间的推移，他开始渴望读到更多的诗，而他也因此成了在同龄人中少见的期待上学的孩子。他的第一首诗是在高中的某一个课间写下的，那是一首意象和结构都十分简单的小诗，但他并不记得自己是什么时候立志成为一名诗人的，因为这件事的发生并没有一个具体的时间节点，而是以一种不着痕迹的方式自然地出现在他的人生之中。童年时读过的几本诗集被他小心地珍藏起来，当他离开家乡，独居在大城市的出租屋，这些诗集就被他放在案头最显眼的位置，那是他梦想开始的地方。但现在，当他决定结束自己的创作生涯，这些诗集就应该淡出他的人生，而剩下的问题就是，自己该如何处理它们——

而无论它们的归宿如何，自己都要开始新的人生了。

“美是一种客观现实。”

站在北京大学国际数学研究中心报告厅，张矩说出了今晚报告的开场白。话音未落，台下的长枪短炮就响起了噼噼啪啪的快门声。自北京大学国际数学研究中心成立以来，这里从来就没有这么热闹过，全世界超过一百三十家媒体齐聚报告厅，共同聆听这场将在第二天占领全世界新闻热点的学术报告。二十年前，当张矩试图用数学语言证明美的存在，他从未想过这一证明居然会引起如此巨大的轰动，这使得他体会到了一种巨大的不真实感——

长久以来，他一直认为，纯粹的数学和现实的世界之间总是横亘着漫长的距离。

“就个人体验而言，美是主观感受。譬如，对同一部电影，有人会给高分，也有人会给差评。然而，倘若我们真的对个体的审美体验一视同仁，那么我们就不会将某些作品视为经典，而将另一些作品视为糟粕，即使这些被归于糟粕的作品可能极其畅销。于是我们发现，美似乎也不完全是纯粹的个人体验，而遵循着某种标准，而这一标准往往来自包括学者、评论家等在内的权威人士。于是，我们一边认同审美平等，但一边不自觉地将一部分权威所制定的审美标准凌驾于大众审美之上，倘若某人的审美不符合标准，他就会被贴上审美拙劣的标签，譬如网络神曲的拥趸总是被置于美学鄙视链的最底层。于是有人开始质疑为什么美的解释权归权威所有，他们大力鼓吹审美平等，并宣扬艺术作品优劣与否的唯一标准就是受众的多寡；然而这一观点的反对者认为，一旦我们将美的定义权完全交给所有人，那些广受市场欢迎的平庸之作就将一跃成为美学的巅峰，这将摧毁人类的审美体系，并引发史无前例的审美危机。个人的审美体验和美学的权威标准之间构成了一组不可调和的矛盾，而这一矛盾背后的本质其实来自一个基础的认知——

"'美'是不可被证明的。"

张矩停顿半晌，台下的观众鸦雀无声。他刚才所讲述的是自己早在中学时就产生的困惑，这一困惑一直延续到成年，最终引领着他收获如今的成就。自从张矩升入中学，他就逐渐对语文课不以为然，因为在他看来，老师对课文所作的任何分析都不过是主观判断，并不存在任何逻辑证明，而他只认可基于观测和推理所得出的物理规律和纯粹由逻辑推导所得出的数学结论。万有引力和"1+1=2"是真实的，但是"床前明月光"这句诗的美是不可观测也不可证明的；而当某一个概念不可被观测也不能被证明，那就意味着它根本就不存在。然而，当张矩抵达这一系列推理的终点，他恍然间发现自己得出的是一个多么荒唐的结论——

倘若美不存在，那李白的诗句和市井的脏话也就没了高下之分。

在相当长的一段时间里，张矩试着寻找美虽然无法被证明却仍旧存在的理由，但他所能找到的理由都无关逻辑，而仅仅是空泛的抒情。直到有一天，张矩突然意识到，或许自己一直陷在了思维定式之中，而真实的情况恰恰和他的思维定式相反——

也许，美是可以被证明的。

这是一个大胆的假设，而基于这一假设所得出的推论令张矩激动不已。倘若美可以被证明，就意味着美必然存在，并且能通过数学语言来表达。当一幅画、一首歌、一部小说完成之际，它所蕴含的美学价值便等价于一系列数学语言，继而就有可能被量化为具体的数值；这一等价的机制和量化的过程是纯粹的数学逻辑所推导出的产物，不以任何主观意志为转移。

三天后，张矩将自己的思考结论写成了一篇开题报告，打印后当面交给了自己的博士生导师吴川。“你有天赋，但是不应该把它放在无谓的研究上。”第二天，吴川将这份开题报告还给了张矩，“时间宝贵，去做一些有意义的事吧。”

从那天起，张矩再也没有向吴川提过美的证明，他的博士生论文与美的证明毫无关系。毕业后的张矩在母校就职，二十年来一直是一名人微言轻的讲师，他的高数课虽然上得四平八稳，但是在学术领域则几乎一无所获。在他的导师吴川退休之前，张矩曾与吴川在校园里相遇过几次，时至今日，他都清晰地记得吴川看向自己的目光——

在吴川日渐苍老的眼睛里，流露出的是深深的惋惜。

然而吴川所不知道的是，张矩在二十年来一直持之以恒地进行着对美的证明。为了更高效地思考，张矩成为第一批使用脑机结合技术的学者——将形如芯片般的脑机接口通过亲肤凝胶贴在颅底，并按下接口背面的开关按钮，接口通过无线网络与计算机中的配置程序相连，由配置程序调取应用软件，与此同时，模块通过射频电波与人脑运行过程中释放的神经脉冲相匹配，最终实现人类意识与计算机之间的连接。进入脑机结合状态的张矩能在转瞬间完成诸如 2 的 1000 次方之类的复杂运算，但他并不会因此感到意外——

事情本该如此，一切都是那么理所当然。

但是不适感出现在意识与脑机接口断开的时候，那一瞬间，张矩感觉自己的大脑像是被剜去了一部分，整整一天都陷于茫然与失落之中，这是使用脑机结合技术的后遗症——在脑机结合之前，当张矩需要进行复杂运算，他需要将数值和公式输入计算机，通过双眼看到运算结果，记录运算结果的视觉信号通过视神经传入大脑，接着意识才开始处理这一运算结果；而当张矩处于脑机结合的状态下，与计算机深度结合的自我意识遇到复杂运算，无须任何信号传递，也无须任何主观思考，计算机通过计算得出的结果便自然地出现在了意识之中；然而，当意识与脑机接口断开，张矩就失去了这种能力，就好像自己大脑中某一个负责运算的模块突然消失，而他也就因此感到茫然无措。

二十年的岁月倏忽而逝，张矩仍旧无法对美给出任何证明。更糟糕的是，长期使用脑机结合技术使得张矩的大脑神经元以远超同龄人的速度老化，医生告诉他，倘若他再这么不加节制地使用脑机结合技术，他很有可能在中年时就罹患阿尔茨海默病。其实自己早就应该放弃了。五十岁生日那天，张矩翻阅着自己二十年来积累的手稿，这些手稿中写满了复杂而又混乱的运算，而当他翻到最后一页的时候，他将亲手将它们焚烧。当他抛弃了所有的心理负担，开始静心阅读他二十年来的研究成果，他的思维突然变得前所未有地清晰——

然后，他惊讶地发现，在那些混沌的运算之下其实蕴藏着一条清晰的逻辑脉络，却在很长时间里被长期处于焦虑中的自己所忽略。

二十年来的研究绝非一无所获，相反，他已经完成了整个证明过程中的绝大部分模块，就好像制作出了一幅拼图的一块又一块碎片。只是，这些“碎片”零零散散地分布于他的手稿之中，直到他即将焚烧这些手稿之际才发现它们原来可以被拼成一个整体。当张矩使用脑机接口与计算机相连，将这些“碎片”逐一拼接，他就得到了整个证明的全部图景。半年后，张矩对于美的数学证明发表于国内顶尖数学期刊《数学学报》；论文发表后的第二年，张矩荣获被誉为“数学界诺贝尔奖”的阿贝尔奖；现在，张矩站在了北京大学国际数学研究中心报告厅的讲台上，向全世界汇报他的研究成果——

“然而，美是可以被证明的。

“无论是一幅画、一篇小说或者一部电影，任何艺术作品在本质上都是一组信息，而任何信息都能被一组数学表达式所表达。而我所证明的，便是任何一组数学表达式都蕴藏着一种内禀的拓扑结构，这种内禀的拓扑结构就是人类所定义的‘美’。

“于是，任何事物的美都能通过数学语言被精确地表达，继而通过数学手段得以精确地计算和量化，并且相互之间可以对比。譬如说，如果一幅画的美学价值经量化后其数值为100，而另一幅画的美学价值经量化后其数值为200，那么后者就比前者更美——

“不过，这仅仅是一个比方，实际情况要比单纯的数字复杂得多，是包括数列、矩阵、函数等在内的数学语言的集合体。

“但我必须强调，当我完成了对美的证明，我却并不能对任何一部艺术作品的美学价值做出计算。当一部艺术作品被转换为数学表达式，这一表达式的复杂程度就已超乎人类的想象；而这一数学表达所蕴含的美的拓扑结构，又要比这一高度复杂的数学表达式复杂至少一个数量级；在我看来，现阶段没有任何计算机能够完成如此庞大的计算。即便如此，我仍旧基于我的证明编写了一个简陋的程序，它被我命名为‘美学尺度’，只能对美的拓扑结构作一些初步分析，但距离分析出完整的美的拓扑结构，仍旧有着十分遥远的距离。

“‘美学尺度’的诞生强化了我的观点，即以我们现在的计算机发展水平，我们根本无法对艺术作品的美学价值进行量化；然而事实上，我严重低估了计算机的发展水平。在我的博士生导师吴川先生的引荐下，‘美学尺度’被输入到‘九畴’之中——‘九畴’是一个通过机器学习来实现算法优化的人工智能，但它的特别之处在于，它所优化的不是自身，而是被输入到系统的各种程序。在‘九畴’对‘美学尺度’的不断优化之下，如今的‘美学尺度’已经能够计算出世界上任何一件艺术作品的美学价值；此刻，‘美学尺度’正在对《红楼梦》的美学价值进行计算，预计完成时间在十五天后。”

张矩说到这里，微一欠身：“我的汇报到此结束，大家可以向我提问。”

“张教授您好，”坐在前排的一名中国记者问道，“您对美的证明是否意味着，古往今来人类对美的认知都是错误的？”

“谈不上错误，只是不太全面，”张矩说道，“所谓审美，是人类对美的拓扑结构进行的主观诠释，而主观诠释并没有对错之分。”

“您好，我是风禾杂志社的主编张贺，”一名戴着鸭舌帽的中年男人问道，“‘美学尺度’既然能计算艺术作品的美学价值，这是不是就意味着文学编辑的失业？”

“理论上说，‘美学尺度’确实能承担选稿的工作，”张矩说道，“但以它现在的工作效率，要普及各个杂志社显然是不可能的。”

“如果我把托尔斯泰的《战争与和平》和凡·高的《星空》输入到‘美学尺度’，它会告诉我何者更美吗？”一名美国记者用英语问道。

“会,”张矩答道，“因为小说和绘画都是信息。”

“很抱歉，我很难理解一部小说为什么比一幅画更美，反过来也一样。”

“如果美是一座冰山，人类连它的一角都没有穷尽,”张矩说，“我们不理解，这很正常。”

坐在第一排的一名白须老者接过话筒，他是国内最负盛名的文学评论家沈穆，专程飞到北京现场聆听张矩的报告。“张先生您好，在我看来，您的发明是评论家的神话，但也是评论家的噩梦,”沈穆说,“您刚才一直在谈论人类对‘美’的理解，那么,‘美学尺度’是怎么理解‘美’的呢?”

“‘美学尺度’怎么理解‘1+1=2’，那么它就怎么理解美,”张矩答道,“对于‘美学尺度’而言，理解被人类定义为‘美’的拓扑结构与理解加法算式并无本质上的不同。”

“所以，缪斯女神是数学家?”沈穆微笑着说。

“我认为是的,”张矩说,“有朝一日，也许我们真的会遇见电子诗人。”

“有传闻说,‘电子诗人’已经存在了,”一名英国记者用一口不标准的普通话问道,“去年，一位笔名为‘Scale’的作者在全世界包揽了诸多文学赛事的首奖，请问‘Scale’是否就是‘美学尺度’?”

“我本打算在下周公开‘Scale’的身份，但我也不介意在这里公开,”张矩说道,“当‘美学尺度’掌握了对美的拓扑结构的计算,它也就掌握了如何生成一组信息并使得这一信息所蕴含的美的拓扑结构在数值上居于某一区间——通俗地说，‘美学尺度’学会了艺术创作，还能根据我的要求将作品的美学价值精准地控制在某一范围。为了测试‘美学尺度’的创作功能，在我的策划下，‘美学尺度’以笔名‘Scale’参加各地文学赛事，创作出美学价值比历届获奖作品都略高一筹的文学作品。请注意，作品获奖率并不一定和它们的美学价值成正比——

“前几次失败的参赛经验证明，‘美学尺度’创作的作品倘若在美学价值上超过历届获奖作品太多，反而得不到评委的青睐。”

“我对您刚才说的远超人类参赛水准的作品很感兴趣，”英国记者追问道，“那么，把‘美学尺度’创作的最佳作品和世界名著相比，结果如何？”

“‘美学尺度’所创作的最佳作品是一首短诗。”张矩环视众人，他的目光之中带着难以自抑的骄傲，“迄今为止，在‘美学尺度’所计算的所有艺术作品中，这首短诗的美学价值位列榜首。”

“来稿已读。诗歌意象新颖，有先锋感，但是表达过于混沌，未达到发表要求，故不拟采用，尚祈见谅。”

点击发送按钮，赵欣向邵图发出了退稿信，这已经是赵欣这个月给他发出的第三封退稿信了。算上他同事给他发的退稿信，这半年来，编辑部给他发送的退稿信多达十一封。“邵图又来投稿了，”和赵欣同年入职的编辑宋晓伸了个懒腰，“我说，他怎么就这么执着啊！”

“他第一次给我们投稿那天，正好是我入职的第一天。”副主编李可掐着手指算了一会儿，“这得有二十年了吧！”

“人这辈子能有几个二十年啊，”宋晓嘟哝着，“要不就发一首他的诗，就当是圆了他的一个梦？”

“我们当编辑的，圣母心要不得，”李可耸了耸肩，“你刚才这话，可不许在老张面前说啊。”

李可话音刚落，主编张贺走进了办公室。张贺上周到北京出差，原计划出差三天，却在北京待了整整一周。“各位，我们开一个短会。”大家刚要向张贺打招呼，却不料张贺把话抢在了大家的前头，“从今天开始，‘美学尺度’加入我们杂志社。”

“这么快？”赵欣愣住。

“‘美学尺度’的进化速度超过了所有人的想象，”张贺说道，“半年前，‘美学尺度’需要三台超级计算机的算力才能跑得起来，但才过了半年，‘美学尺度’所需要的基础硬件不过是一台小型的服务器而已。”

办公室陷入了良久的沉默，所有人都清楚这意味着什么。当初，“美学尺度”刚问世，编辑们就陷入失业的恐慌之中，所幸的是，当时“美学尺度”的运算需要相当高的硬件成本和时间成本；而如今，第二只靴子终于落地。

“老张，您要裁人，就请直说。”李可说。

“怕就怕老张第一个被裁，”宋晓说，“您如果被裁，我立刻辞职，让人工智能自己玩儿去。”

“先别急着表忠心，真要裁人，我们一个都跑不掉，”张贺说道，“我这次上北京，主要任务就是讨论如何应对‘美学尺度’对我们这行的冲击，所幸大家最终得出了一个两全其美的方案——单数月刊发表经我们审阅的稿子，双数月刊发表经‘美学尺度’审阅的稿子，两者相互映照，以最直接的方式反映出‘美学尺度’和人类审美的差异性。倘若编辑和‘美学尺度’挑的稿子相同，那就再好不过了——这篇稿子将发表于单数月，并注明‘美学尺度’与这位编辑所见略同。”

“然而无论我们怎么做，都是在用血肉之躯阻挡着历史的车轮滚滚向前。”赵欣说。

“AlphaGo 战胜了人类最强棋手，但是人类还在下棋。所以大家完全可以乐观一点儿——作家和编辑不会消失，就像人类围棋不曾被人工智能终结一样。”张贺从包里掏出笔记本电脑，点击桌面上一个形如 S 的图标，屏幕上弹出一个程序，程序界面只有一个支持批量上传文件的工具栏，“这是‘美学尺度’客户端，输入客户端的文稿会被上传到‘美学尺度’的服务器。请各位把今天被退的稿子打包发给我，我把它们和最近半年上刊的稿子一起输入‘美学尺度’。一方面，我们可以检查一下上半年稿子的质量；另一方面，我们也能找出被退的稿子中有没有能上刊的——倘若经‘美学尺度’计算，被退的稿子在美学价值上高于上半年上刊的稿子，就证明我们确实遗珠了。”

“您是不是在怀疑我们的审美呀？”副主编李可说，“还有啊，让‘美学尺度’去算被退的稿子，是不是有点大材小用的意思？”

“自从我入了这一行，最在意的不是已经上刊的稿子，而是那些被退的稿子，”张贺说，“当编辑这么多年，难免会有明明可以上刊的稿子却被我退稿……每当我这么想，我都会有负罪感。”

赵欣默默地把当天被自己退掉的稿件传给了张贺，点击上传按钮的时候，他的手微微颤抖了一下；就在刚才，张贺的话戳到了赵欣心中的隐秘之处。许多个夜晚，赵欣都会做着同一个噩梦，梦境里，被自己退掉的稿件的每一个字都变成了一个又一个拳头大小的岩质雕塑，它们如雨点般自空中降落，并将赵欣团团围住，在拘禁自己的同时沉默地审视着自己；当赵欣从噩梦中醒来时，他就再也无法入睡。而在这些让他难以入眠的稿件当中，最困扰他的是邵图的诗作——

十五年来，自己从未读懂过他的诗。

十五年前，赵欣第一次读到邵图的诗，这首不到两百字的短诗令赵欣困惑至今。身为中文系毕业的科班生，他读过太多晦涩难懂的作品，但它们都没有像邵图的诗那般给他带来如此巨大的困惑。邵图诗中的那些意象本身并不晦涩，但是当它们排列组合在一起，就显示出了一种他难以理解的结构——

在这超出他理解范围的结构之中，可能藏着非凡的意蕴，但也可能一无所有。

当天，赵欣将这首诗送交二审，并特别注明了自己对于这首诗的阅读感受。一周后，副主编李可给出了二审意见：“诗歌意象新颖，有先锋感，但是表达过于混沌。故二审不予通过。”

赵欣将李可的二审意见修改后发给了邵图，才过了一个星期，他就再一次收到了邵图的诗；而对于邵图的新作，赵欣仍旧抱有相同的困惑。他再一次将邵图的诗送交二审，并在他尤为困扰之处作了批注，但是李可仍旧给出了相同的二审意见。当赵欣将邵图所投的第三首诗送交二审的时候，李可对赵欣说：

“你来这里上班之前，他就已经给我们投了几十首诗了，我们都觉得他写得不行；假如真的是我们遗珠了，他的诗早就在其他刊物上发表了，然而至今他连一首诗都没有发表过。”

对于李可旁敲侧击的数落，赵欣非但没有因此沮丧，相反有如释重负之感。李可的话使得赵欣相信，邵图的诗不过是一些空无一物的晦涩结构，根本就没有送交二审的必要。然而十五年来，对于邵图的诗作，赵欣从来没有真正地踏实过。李可说得没错，邵图几乎不可能只向《风禾》一家杂志投稿，而倘若邵图的诗确实优秀，那么即使风禾杂志社的编辑们错过了邵图的诗，也会有其他杂志发表它们。但是，李可的推理显然规避了另一种可能性——

对于邵图的诗，《风禾》杂志社的编辑们的判断都错了；错的不仅是他们一家杂志社，所有收到邵图诗作的杂志社也都错了。

在那些晦涩的语言背后其实隐藏着惊世骇俗的美，而各家杂志社的编辑们之所以一再退稿，只是因为他们读不懂罢了。

这一可能性虽然十分渺茫，却在这十五年里始终折磨着赵欣；更糟的是，他根本无法证伪这种可能，这意味着这一缥缈而又沉重的负罪感将萦绕赵欣的一生。但现在，只要将邵图的诗输入“美学尺度”，就能证明或者证伪这一可能，因此，当进度条在“美学尺度”的用户界面快速滚动的时候，赵欣的心中浮现出一种微妙的解脱感——

毕竟，证伪这一可能性的概率要比证明这一可能性的概率高得多，而他终于可以摆脱这一原本将萦绕他一生的负罪感了。

当进度条抵达终点的时候，“美学尺度”的用户界面弹出了一份名单。在这份名单中，各个作品根据它们美学价值的高低倒序排列，张贺缓慢转动鼠标滚轮，于是大家只能耐着性子从最后一名看起。当名单接近尾声，编辑们纷纷露出了笑容——

到现在为止，上刊稿件的排名全部位于被退稿的稿件之前。

对于“美学尺度”所给出的结论，赵欣内心雀跃不已；他选送的六篇稿件位列名单前十，其中一篇还是新人来稿。然而，就当张贺继续转动滚轮而第一名尚未浮现在大家眼前的时候，赵欣突然意识到他自始至终没有看到那个熟悉的名字，而他的笑容就在那一瞬间戛然而止，与此同时，列表已经滑动至最底部——

排名第一的稿件是一首今日被退稿的短诗。

这首短诗的作者名叫邵图。

当邵图看到“美学尺度”的源代码时，他产生了一种恍惚之感，那些如同天书一般的代码仿佛是一行又一行空灵的诗歌。与这种空灵感形成鲜明对比的是自己所置身的张矩的办公室，虽然宽敞，却因零乱堆放的各种书籍和文件而显得十分局促。“在过去的五年间，它的创作从未间断，”张矩说，“就在刚才，它谱了四首曲，写了两首诗，画了三幅画，写了一部中篇小说。”说着，张矩单击鼠标，身边的打印机打出了一页文稿，“这是它刚写的诗，你可以看看。”

“不必了，”邵图说，“这五年来，我一直在读它的诗。”

“你觉得它的诗怎么样？”

“我……不知道。”

“所有人都这么说，”张矩说，“没人知道它写的是什么。”

“但它们是世界上最好的诗。”

“请允许我打一个不恰当的比方——”张矩说，“读它写的诗，就像数学家在解一道他毕生都解不开的题。”

“所以，我试着退一步，试着像从前那样去写诗。”邵图说道，“但是当我见过了最好的诗，我就再也退不回去了。”

“不过，在我看来，你仍旧是受到命运眷顾的人。”张矩说。

“是的，我应该知足了。”邵图说，但他并没有把自己真正想说的话说出口——

自己宁愿度过庸庸碌碌的一生，但始终对诗歌抱以最诚挚的热爱，而不是像现在这样，眼睁睁地看着自己心中的理想被“美学尺度”彻底摧毁。

五年前，邵图接到了《风禾》杂志社的来电，对方自称是副主编李可，告知他向《风禾》杂志社投稿的全部诗作都将陆续发表。彼时邵图正在市区唯一一家旧书店里出售从小陪伴他的五本诗集，并且即将付款成交。"这算什么新骗术?"邵图嘟哝着就要挂断电话，电话那边传来了连珠炮似的回答："最近，我们编辑部引入了'美学尺度'。经'美学尺度'计算，您二十年来的来稿在美学价值上超过了《风禾》杂志二十年来发表过的所有作品。"

邵图和书店老板的交易戛然而止，一个月后，《风禾》杂志刊登了邵图的诗歌专辑，并注明了"美学尺度"对邵图诗作的评价。当月《风禾》杂志在一周内脱销，在一个月内连续加印了五次。两周后，"美学尺度"得出了更为惊人的结论：

邵图的诗歌不仅是《风禾》杂志创刊以来最优秀的作品，其美学价值甚至超过了一部分享誉世界的经典名作。

收到用稿通知的一周后，邵图参加了由风禾杂志社发起的邵图诗作研讨会。会后聚餐，编辑赵欣敬了邵图一杯酒，略带醉意地对邵图说：

"作为编辑，我欠你一句抱歉……这份工作，真的太沉重了。"

对于赵欣的道歉，邵图当时并没有放在心上，自从他的诗在《风禾》杂志刊登之后，他已经听到过太多类似的道歉；但令他感到费解的是赵欣的后半句话，但沉浸于喜悦中的邵图并没有把它当一回事。直到第二天，主编张贺在和自己沟通诗集出版事宜的时候告诉邵图，赵欣在研讨会当天就已经向单位打了离职报告，他才意识到赵欣在饭桌上对自己说的话饶具深意。在和张贺的会面结束之后，邵图单独联系了赵欣，两人约在杂志社楼下的咖啡馆见面。“如果我当初再争取一下，也许你十几年前就扬名了，”赵欣说，“一想到我埋没了你，并且还有可能埋没了其他人，我就无法再像以前那样工作了。”

“你离职后会做什么呢？”

“未来的路还很长，选择也很多，”赵欣说，“但无论如何，我是不会再审稿了——这份工作，真的太沉重了。”

自邵图的诗在《风禾》杂志发表的三个月后，邵图出版了自己的第一本诗集，首印一万册，五天内售罄，迄今为止销量超过三百万册，成为21世纪以来销量最高的诗集。第二年，诺贝尔文学奖颁布，然而根据“美学尺度”的评断，邵图诗作的美学价值远高于获奖者的作品，这届诺贝尔文学奖也因此引发了空前的争议。第二年，在舆论的压力下，“美学尺度”成为诺贝尔文学奖的唯一评委，这一次邵图毫无悬念地获奖。

随着“美学尺度”的算法不断优化，它所需要的算力迅速减少；自“美学尺度”诞生两年后，它已经能在一台智能手机上流畅运行。包括文学、音乐、绘画在内的艺术作品的销量与日俱下，因为“美学尺度”可以在短时间内创作出具备不同美学价值的艺术作品，足以向所有人提供种类齐全的文化产品。

但是“美学尺度”的诞生并不意味着人类艺术创作的终结，因为这个时代仍旧有人愿意创作，仍旧有人愿意阅读人类创作的艺术作品；正如在人工智能全面碾压人类棋手的时代，仍旧有许多棋迷对人类棋手之间的胜负津津乐道。唯一的问题在于，作者需要证明作品出自己手，而非抄袭“美学尺度”的作品。因此，“九畴”机器学习系统团队为“美学尺度”新增了反抄袭模块，该模块能根据艺术作品的数学结构精准识别出某部作品是否对“美学尺度”构成抄袭。由于人类的写作仍在延续，因此传统的艺术奖项并未凋零，只是“美学尺度”成为这些奖项的唯一评委。

人类的艺术史从此被分为前“美学尺度”时代和后“美学尺度”时代，而邵图是唯一一名闪耀在两个时代交界处的诗人。他的诗来自前“美学尺度”时代，却在后“美学尺度”时代得到赏识，于是邵图就此奠定了前无古人的历史地位。在旁人看来，“美学尺度”给邵图带来了一名诗人所梦寐以求的一切，但只有邵图自己知道，“美学尺度”摧毁了他身为诗人的所有的光荣与梦想。在《风禾》杂志社楼下的咖啡馆与赵欣分别后，邵图抱着一丝猎奇的心态阅读“美学尺度”所写的诗，成功的喜悦迅速被恐惧所取代——

他永远写不出这些诗，而且根本读不懂这些诗。

而在这些诗面前，人类写过的诗和未来将会写出的诗都失去了价值。

对于世界上的绝大多数作家来说，这并不是多么严重的问题，但对他来说，这个问题与他的创作生涯生死攸关——

对他来说，这就几乎意味着文学生命的死亡。

五年前，当邵图放弃写作，他仍旧认为诗歌是世间最美好的事物，而他的缪斯仍将陪伴着他度过余生。但现在，当人类的诗作因“美学尺度”而变得毫无意义，即使他从此封笔，他的缪斯也已经失去了神性的光辉。但这一次，当他彻底放弃写作之前，他需要向“美学尺度”的发明者张矩确认一个事实：

自己还有没有可能写出超越“美学尺度”的诗？

在邵图看来，这个问题的答案是显而易见的。而他之所以要问这个问题，更像是为了完成某种仪式——当张矩给出明确的否定答案之后，他就能心安理得地接受这个结果，然后从此放弃写作。然而，出乎邵图意料的是，张矩告诉他，人类诗人超越“美学尺度”的可能性是存在的，并与邵图约定在他的办公室面谈。

“现在让我们切入正题，”张矩说，“首先，人类永远不可能像‘美学尺度’一样根据‘美’的底层数学逻辑来创作艺术作品，这就是人类的艺术创作无法超越‘美学尺度’的原因。但是另一方面，人类也有着‘美学尺度’所力所不及的能力——

“人类的意识并非算法，永远不可能通过算法进行计算。”

“这也是数学证明？”

“不，是物理发现，”张矩说，“在数学上，有一类数被称为不可计算数。所谓‘不可计算数’，顾名思义，即任何算法都不可能把它们计算出来的数。包括‘美学尺度’在内的所有软件在本质上都是算法，因此当然是可计算的，但人类意识的可计算性长时间以来一直是一个谜。早在上世纪，就有科学家猜测人类意识是不可计算的结构，直到本世纪中叶，物理学家才终于证实了人类意识是不可计算的结构。”

“不可计算的意识听上去更神秘，”邵图说，“但可计算的算法在效率上要远远高于不可计算的意识啊。”

“但是，如果我们把可计算的算法和不可计算的意识连接在一起，会发生什么呢？”张矩说道，“加载有算法的意识，或者说与意识相连的算法，会创造出怎样的艺术作品？”

“你说的莫非是‘脑机结合’？”

“正是，”张矩从抽屉里取出一个模样如芯片般的物件，“这是一枚脑机接口，已经安装了专门适配‘美学尺度’的配置程序，如果你愿意尝试的话，你将成为第一个和‘美学尺度’一起写诗的人。”

“当然愿意，”邵图果断地说，“就现在吧。”

张矩走到邵图身后，将脑机接口贴在了邵图的颅底：“半分钟后，脑机结合配置程序将启动。配置程序一旦启动，脑机结合随即开始，只有本人拥有与计算机断开连接的权限；要断开与计算机的连接，只要集中注意力默念‘断开’即可。”

当配置程序启动的时候，并没有什么声音或者画面提示脑机结合已经开始，但邵图明确地感知到有某种变化正在发生。他仍旧能清晰地看到眼前的事物，但与此同时，在意识深处，他看到了另一个由纯粹的数学所营造的世界，这个世界与现实世界一起并行不悖地被他感知。根本不需要任何思考，美的拓扑结构就完整地呈现在邵图眼前，那是由无穷无尽的点、线、面所构成的复杂几何体，同时构建于一维、二维和三维的空间之中。诗性就蕴藏于这些几何体之中，或者说，这些几何体本身就是诗性，当邵图在转念之间改变它们的形状，词汇就自然而然地流淌在他的意识之中——

于是，在三分二十秒钟后，第一首由人类和“美学尺度”共同完成的诗作在世间诞生。

为了查看这首诗的美学价值，邵图默念“断开”二字，中断了与“美学尺度”的连接。断开连接的瞬间，失落与茫然迅速攫住了邵图，而邵图迫不及待就想再度与“美学尺度”相连。“这首诗超越了你过去写的所有诗，”张矩说，“但如果和‘美学尺度’所创作的诗相比，它的排名不过位居中游。”

“但我根本读不懂这首由我自己写的诗，”邵图说，“但是，当我的意识和‘美学尺度’相连的时候，我确定自己完全能读懂它！”

“这很正常，”张矩说，“当你的意识与‘美学尺度’相连的时候，‘美学尺度’对美所作的数学分析与你的主观意识融为一体，于是你就能在主观上理解这首诗；但当你的意识与‘美学尺度’的连接一中断，你就失去了对美进行数学分析的能力，你自然就读不懂这首诗，正如你读不懂‘美学尺度’所写的诗一样。”

“所以，也许我应该这样理解，”邵图说，“当我与‘美学尺度’相连的时候，我所谓的理解不过是‘美学尺度’的投影罢了。”

“这是一个很精妙的比喻。”

“所以，以结果而论，刚才不过是‘美学尺度’假借我手进行创作，而这首诗其实和我并没有什么关系。”

“恐怕正是这样，”张矩点了点头，“今天就到这里吧。”

“再试一次。”

“有必要提醒你，频繁使用脑机结合技术会对大脑产生不可逆的损伤。”

“再试一次，”邵图说，“我想再一次体验和‘美学尺度’一起写诗的过程。”

张矩点了点头，邵图按下了脑机接口的开关。美的拓扑结构再一次以几何体的形式呈现在张矩眼前，但这一次，邵图看到了更高的维度。这并不是通常意义上的空间维度，而是纯粹的数学维度，它们没有上限，原本只存在于数学世界之中，但现在，这些纯粹建立于数学逻辑的超维几何体正在邵图的眼前翩翩起舞——两个四维立方体在第五个维度上相互交错，然后将邵图的意识裹入其中，邵图沿着正螺旋面的轨迹逃逸出它们所占据的空间，然后看到了一亿维超锥体惊世骇俗的面貌；在他周围，远比一亿维超锥体还要复杂的超维几何体正熠熠生辉，若用人类的数学语言来描述这些几何体，所需要的信息量将超过全世界所有藏书的总和。

不过，眼前这些超维几何体虽然复杂，却是混沌而无序的存在，它们的美学价值与乱码无异，然而倘若它们通过形变、位移、升维、降维从而变得有序，那么它们的美学价值就将达到空前的高度。但是，由于这些超维几何体过于复杂，因而即使“美学尺度”赋予邵图对美进行数学分析的能力，但邵图仍旧无法对它们进行任何形式的改造。此时邵图才意识到，“美学尺度”所处理的不过是那些建构于一维、二维和三维的拓扑结构，相比较建构于更高维度的超维拓扑结构，这些低维度的拓扑结构是如此简陋——

然而，正是这些简陋的拓扑结构，演化出了人类从古至今所有的艺术形式。

虽然邵图无法对超维拓扑结构进行任何改造，眼前的一切仍旧超越了邵图毕生的想象，而他愿意将余生都沉浸在这波澜壮阔的拓扑世界之中。“邵图老师，该断开了，”张矩说道，“长时间并且不间断地处于‘脑机结合’的状态，会对你的大脑神经元造成不可逆的损伤。”

邵图点了点头，接着就要默念“断开”二字。与此同时，超维几何体仍旧在他的意识周围游弋。就当他默念“断”字的刹那，一个惊人的事实中止了他的断连操作——

刚才，他观察到了自我意识的数学结构！

意识是不可计算的，作为算法的“美学尺度”不可能帮助邵图对意识进行任何观测；正因为如此，此前当他对自己的意识进行自我观察，他所见到的始终是一团混沌的光影，根本无法观察到其内部的结构。但现在，自己之所以能通过“美学尺度”观察到自我意识，是因为邵图的一部分意识已经转化为可计算的结构，那是一个轮廓模糊且维数捉摸不定的超维几何体；一个数学意义上的奇点位于这一几何体的几何中心，它蕴藏着意识中仍旧不可被计算的部分。现在，这些仍旧不可被计算的意识结构正在源源不断地转化成可计算的结构，使得那个轮廓模糊且维数捉摸不定的超维几何体变得越发庞大。

就当邵图的意识结构发生转变之际，越来越多的超维几何体开始向邵图的意识接近，并与邵图意识中被转化成可计算结构的部分相互交融，而它们的形状也在交融的过程中发生了急遽的变化——五维超立方体变成了七维超棱锥，这一七维超棱锥又转变为十七维的超曲面；一个一亿维的超锥体下降了一个维度，同时，在与这一超锥体相交的超平面上，一个又一个七千零三十二维的超球体正通过斯梅尔悖论由内向外地翻转。

接近，形变，相互交融，超维几何体们与邵图被转换成可计算结构的那部分意识融合成一个更为庞大的超维拓扑结构，那是一个由成千上万超维几何体所汇聚而成的复合体系，并自混沌之中演化出了深沉而隽永的诗性。并未抱有太大的希望，他试着以自己的意志去改造这个庞然大物，令他惊讶的是，这一次，他居然轻松地改变了它的形状。改变的不仅是超维几何体，也包括他自己的主观意识——当转变为可计算结构的意识与其他超维几何体合并为同一个复合体系，改造后者的同时也就改造了前者。

时隔五年，邵图再一次开始了真正的创作，他将这一庞大的复合体系改造成诗的形状。在这些超维几何体的点、线、面之中，正分娩出无穷无尽的词汇与意象，前所未有的情绪体验在邵图的意识中掀起直抵宇宙洪荒的狂飙。这是前所未有的创作，每一个瞬间所创造的意义和欢愉远远超过他已活过的人生，但这一巅峰体验都远不如一个即将到来的事实来得重要——

这一次，他将写出连“美学尺度”都望尘莫及的诗。

“邵图老师，请立刻断开与‘美学尺度’的连接，”张矩凝视着屏幕上川流不息的数据，“否则，你会死于和‘美学尺度’的连接之中。”

“最多不过是脑损伤，怎么会死呢?”邵图摇了摇头，意识的一部分正在与张矩对话，而另一部分仍旧沉浸于创作之中，此时他的诗作已经有了一个完整的骨架，等待着意象的血肉将之填充，“张教授，我不知道你有没有看出来，此刻的我正在写诗——感谢你，我的缪斯终于回来了。”

“你之所以会死，正是因为你的缪斯回来了，”张矩说，“你对诗歌的理解是不可计算的思想，是‘美学尺度’望尘莫及的结构，在被‘美学尺度’赋予了对美进行数学分析的能力之后，你对诗歌的理解使你得以认识到美的超维拓扑结构，但代价则是你的意识开始转化为可计算的拓扑结构——

“正是因为你的意识转化为了可计算的结构，你才能对海量的超维拓扑结构进行改造，继而写出构建于超维拓扑结构的诗。

“然而，由于你的意识已经与超维拓扑结构合并，当你改造那些超维拓扑结构的同时，你也改造了你自身的意识。这意味着，倘若你继续把这首诗写下去，你的意识将会变成一首由你自己写就的诗——

“换言之，你把自己写成了诗。

“所以，你必须立刻断开与‘美学尺度’的连接，在你的绝大部分意识仍旧保持着不可计算的独立性之前。当你的意识和‘美学尺度’断开之后，随着时间的推移，那些发生改变的意识会逐渐恢复为原先的状态，到那时候，你仍旧可以和‘美学尺度’一起写诗。”

“但是只要活着，我就不可能把自己的意识写成一首诗，”邵图轻声叹了一口气，“这就意味着，我将永远放弃这首诗。”

当邵图向诗的骨架中填入第一组意象，也就是当一个十九维的超曲面拉伸成为超平面的时候，那些由他的意识转化而成的轮廓模糊且维数捉摸不定的超维几何体陡然间变得纤毫毕现；而邵图惊讶地发现，它们居然有着极为精细的分形结构，在复杂度上远远超过其他超维几何体。意识的缺损造成的主观体验开始涌现，思维逐渐变得破碎，仿佛一条连续的曲线被分割成了越来越小的碎片，与此同时，越来越多的碎片散失到了无穷远的地方。当张矩声嘶力竭地呼喊着邵图的名字，邵图却因思维的破碎而无力回应张矩，然而那个庞大的复合体系仍旧在源源不断地转化为诗性的语言，词汇仍旧源源不绝地涌入他的诗中。记忆同思维一道被写入了诗中，邵图开始了不可逆转的遗忘——

他最后的记忆是童年时那五本放置在茶几上的诗集，彼时，五岁的邵图懵懵懂懂地翻开了人生中的第一页诗。

当邵图的最后一缕意识转化为词汇的瞬间，他的诗歌终于完成。在意识彻底消散和诗作全部完成之间，隔着一段时长无限接近于零的时间片段，邵图就在这一段无穷短的时间里读到了自己的诗，这一瞬间近乎永恒。并不欢喜，也不忧伤，所有的情绪都被写进了诗里，他只是单纯地凝视着自己的诗，和被写进诗里的诗人的一生。

尾声

当邵图的最后一缕意识转化完成的瞬间，张矩读到了邵图的诗。他是继邵图之后第二个读到这首诗的人，而这首诗的作者已经陷入了无可逆转的脑死亡。张矩拨打了急救电话，救护车预计将在十分钟内到达，在等待的时间里，张矩将邵图的诗输入“美学尺度”。如今，对于输入“美学尺度”的艺术作品，“美学尺度”一般都能在一分钟内给出结果，但这一次，直到救护车到来，“美学尺度”仍旧处于运算之中。

张矩随着急救人员赶往医院，医生的检查结果显示，邵图仍旧具有生命体征，但脑部已经彻底死亡。当张矩回到办公室的时候已是凌晨一点，办公室一片漆黑，只有电脑屏幕仍旧亮着——

屏幕上所显示的是一行错误代码。

在对“美学尺度”的运行日志进行全面排查之后，张矩找到了错误代码出现的原因：邵图那首诗中所蕴含的美是不可计算的结构，无法被“美学尺度”分析。在张矩看来，这一结果是匪夷所思的——美既然是一种内禀的拓扑结构，它必然是可计算的，“美学尺度”又怎么可能会将之视为不可计算之物？

现在，要弄明白这一切，就只剩下一种方式：将自己的意识与“美学尺度”相连接，借助“美学尺度”来观察邵图诗中所蕴含的拓扑结构。当张矩的意识接入“美学尺度”的瞬间，他立刻发现邵图诗中所蕴含的美确实是一个不可计算的系统——

而这个不可计算的系统，完全由可计算的拓扑结构组成。

物理宇宙中的不可计算之物往往来自可计算之物，这一点自己早就应该想到；张矩发出了一声喑哑的叹息，他为自己的迟钝而感到懊丧。人类的大脑由难以计数的可计算的粒子组成，但正是它们诞生了不可计算的意识，与之相似，当那么多可计算的超维拓扑结构合并为高度有序的整体，它就拥有了不可计算的属性——

这一现象被称为“涌现”，即当系统中的个体在相互作用之中构成整体的时候，一些新的属性或者规律突然在系统整体的层面诞生。

没有任何一种算法能够计算出不可计算之物，这是冰冷的数学法则。即使将整个宇宙的所有物质都做成计算机，它仍旧无法计算出不可计算之物；因此，邵图的诗超越了人类的理解，也超越了过去和未来的所有算法。就当张矩准备与“美学尺度”断开连接的时候，他惊讶地发现，构成不可计算系统的可计算拓扑结构发生了剧烈的变化：它们在吸收其他的拓扑结构，变得更加复杂、更加庞大且更加优美，并仍旧与彼此一起构成不可计算的系统，就好像它们有了生命一般——

不，也许它们就是生命，此刻它们正在旺盛地生长。

有那么一瞬间，张矩以为这一切的发生是因为邵图仍旧活在诗中，但很快他就意识到这一切另有真相。美本来就应该是自我生长的结构，正如一个单调乏味的奇点在大爆炸之后演化为瑰丽的宇宙，而张矩所好奇的是，对于眼前这个不断变得更加优美的不可计算系统而言，只要给它足够长的时间和足够多的资源，它最终会演化到怎样的程度？

这一推论令张矩激动不已，但很快就给他带来了一个可怕的图景。倘若任由邵图的诗继续生长下去，它将耗尽这台计算机的所有运算资源；而一旦它不受控制地进入互联网，它将榨干全球所有计算机的算力。因此，张矩必须将邵图的诗隔离在互联网之外，而在脑机结合状态下，这一操作只需要一个念头。就在念头升起的瞬间，张矩的意识被无可遏止地写入诗中，就像那些被吸收了的拓扑结构——

他本该想到，对于这首在不断生长中的诗而言，自己的意识是多么珍贵的养分。

被写入诗歌的过程极其短暂，但对张矩而言近乎永恒，在意识彻底消散之际，张矩体会到了直抵宇宙洪荒的漫长时间。在这无穷无尽的时间之中，张矩并不忧伤，也并不欢喜，所有的情绪已经被写进诗中——

第一次也是最后一次，张矩读懂了那一首诗。

首发于《上海文学》2022 年第 5 期

天绘

一

凌晨两点，A 街 32 号地下室，周建已连续画了三个小时。

画布架在一块用废弃木料自制的画架上，地上搁着颜料和调色盘，四周是四面灰色的墙体所围成的不足十平方米的空间。眼下，周建的画作正进入到关键阶段，画布上的色彩随着周建画笔的移动掀起一道道无序的涡流。但在周建看来，这些无序的背后蕴藏着更为宏大的有序。不过，倘若有一笔差之毫厘，那么画中的有序便荡然无存，而整幅画将彻底陷入无序的深渊。

回忆在此时涌入周建的脑海，并被他自然而然地绘入画中；这些回忆来自他对周围环境的感知，是他意识中至关重要的部分——倘若不是因为绘画，他就能租得起一楼的房间而不至于在潮湿的地下室冻得瑟瑟发抖，于是湿冷的感知不仅调动了回忆，也使得回忆变得更加鲜活。

对周建而言，在这座南方大城市的地下室绘画是一件几乎注定会发生的事件。周建出生于陕北农村，父母长期在外务工，是祖父母抚养他长大。在他五岁的一个上午，他站在田埂上静静地看着两位老人在田间忙碌，一张由诸多抽象图形所组成的画卷突然浮现在他的意识之中；他惊讶地发现，在画中蕴藏着某种无形之物，使得画中的色彩和线条与触目所见的景象产生了某种形式的一一对应。

对于年仅五岁的周建而言，这张自行在意识中萌发的画一度令他感到恐惧，但随着时间的推移，他逐渐发掘出了其中的乐趣，并试着将生活中的场景主动捕捉到内心的画卷之中，譬如金灿灿的麦田、高低排列的窑洞和街头邻里间琐碎聒噪的争吵。在他十八岁生日那天，他第一次将繁星绘入内心的画卷，而和星空一起画入的是他脚下朝夕相处的黄土地。第二天，他踏上了前往南方的列车，像他的父母一样到大城市去讨生活，而当列车呼啸着带他离开这片朝夕相处的土地，一种前所未有的冲动在他的心底萌发——

他要将内心的画卷用纸笔真实地画出来。

在南方这座人口超过千万的城市，周建成为一名工作时间自由但无底薪的外卖众包骑手，在工作之余自学绘画。自学两年后，他试着开始绘制内心的画卷，但当他落笔之际，所画出的却是截然不同的色彩与线条；他原本将绘画视作对内心画卷的临摹，但现在他明白，当他提起画笔，他所进行的便是一次全新的创作，最终画出的是内心同一张画的不同断面。

从他开始独立创作的三个月内，他所绘制的五十多张画都源于五岁那年浮现在他内心的第一张画；在他离开家乡之前，他内心的画卷已有上千张之多，而城市的生活还在他心里不断地激发出新的画卷。当他穿行在地面之上，他所遇到的每一个场景都在脑海中自然而然地变成了画，包括车水马龙的街道、沸反盈天的餐厅和五花八门的送餐地点。地面上的生活不断地转化为内心的画卷，地面下的生活同样是他创作的源泉——墙壁上的霉斑、下水道的气息、昆虫和老鼠发出的窸窣声响……所有这一切，都在潜移默化之中转化为色彩与线条。

不过，地下生活绝不仅限于他的狭小住宅，也包括周建住宅之外的地下空间。整个地下室总共居住着五户人家，共用三个灶台和两个连带着浴室的厕所，而在地下室的另一侧则挤着小卖部、理发店和一间三块钱可以打一小时的桌球室。黄昏时分是地下室最为热闹的时候，彼时整个地下室油烟弥漫，各种噪声此起彼伏，下班的住户和来自地面上的并不富裕的消费者一并挤在曲径通幽的地下空间，使得地下室俨然成了一座迷你的地下城。当周建下班后穿行在地下室的过道里，眼前的烟火气息就在周建的脑海中自然而然地转化为心中的画。有时候，自己的邻居和那些常来地下室打桌球的人会和周建攀谈两句，于是周建也就此了解了生活在这座城市的别人的人生。住在自己隔壁的这户人家是长租了十几年的租客，这个年近八旬的老人为了给儿子买婚房卖掉了自己的房产，却转而遭到了儿子的抛弃，于是只能用微薄的养老金租住在阴冷潮湿的地下室；居住在转角边的那户人家是一对进城务工的小夫妻，和周建是老乡，每天工作将近十四个小时，周建在他们的眉眼里看到了自己父母的身影；那几个最常出没桌球室的青年在高中辍学，整天游手好闲无所事事，在多年前和另一伙无业青年在桌球室发生过一场惊动整个小区的斗殴……这些道听途说的人生经历因为缺失细节而难以单独成画，于是它们被周建置于更大的图景之中，这些图景包括当年返乡过年时风尘仆仆的父母、开往南方的列车上芜杂的气息，也包括在每一个日夜默默注视着这一切的太阳和群星。

这些在内心不断酝酿出的画卷令周建感到欣喜，但也令他为之焦虑。内心的画卷诞生的速度远远超过了周建绘画的速度，这意味着他不可能将它们全部绘于真实的画布之上，而他能做的便是尽可能地多画一些。他不得不克扣生活费以购买更多的颜料和画布，每天只吃两顿，两块钱一包的挂面加一个鸡蛋便是一餐；但即使如此，颜料和画布仍时常告罄。在那些想画画却不能画画的日子里，周建每天工作超过十二个小时，但加班的收入完全无法弥补颜料和画布的匮乏。

时常去地下室桌球房的青年告诉周建可以通过手机应用在网贷平台借款，并云淡风轻地说自己刚借了三千块钱。那天适逢周建的颜料告罄，于是他在那名青年的帮助下在一家网贷平台借了五百元。这是周建被网贷困住的开始。从那天起，他习惯性地通过网贷来购买颜料和画布，继而因沉重的利息陷入入不敷出的状态之中。

周建明白当务之急是在债务发展到难以收拾的地步前还清所有的欠款，而这意味着他要将绘画搁置相当长的一段时间。然而他又无法遏制自己对于绘画的渴望，因此就陷入越来越沉重的债务之中。为了终止这一恶性循环，他为自己划定了一条基本底线：无论如何都不能再借新债。但是这一底线并不能阻止周建在颜料告罄后用为数不多的现金去购买颜料，而在上周六，他才意识到自己遇到了一个严峻的问题——

当天是交房租的日子，而他手里的现金只剩下不到二十块钱。

他当然可以在网贷平台上再借一笔钱，但是三思之后，他决定遵守自己所划的底线。他向自己的房东求情，拜托他再宽限五天。众包骑手工资日结，因此只要他在这五天里加班加点地工作，他就完全有可能在五天内凑齐租金。

由于每天的工资都在次日结算，因此虽然后天是交房租的最后期限，但他必须在明天把房租的钱凑齐；当晚，为房租焦虑的周建辗转反侧。凌晨一点，始终无法入睡的周建起床坐在了画架前，试着将眼下失眠时的意识流动绘入画中。当他的画笔在画布上留下钴蓝色的一撇，原本缓慢流淌的意识突然掀起了惊涛骇浪；当他将被绘画干预了的意识流动绘入画中，他的自我意识再一次掀起了巨大的波澜，而这些波澜又再度在他的笔下化作色彩与线条……当他开启这一循环，他所画的不仅是自我意识的流动，而且是绘画这一行为本身——

换言之，绘画本身被周建绘入了画中。

为了完成这张自我指涉的绘画，他必须使自己手中的画笔跟上自己的意识，因而他不得不提高自己绘画的速度。随着时间的推移，走笔如飞的周建逐渐击退了寒冷，汗水浸湿了他贴身的衣物。当周建的画笔在画布上点上了一枚猩红色的圆点，隔壁的老人发出了一声短促的呻吟，而周建就以那枚红点为起点向右下方画出了一道狭长的弧线——

此刻，这张画终于完成，而它所象征的动态意识过程在老人的呻吟声中戛然而止。

困意就在这一刻弥漫周建的身心，他迅速脱下外套钻入被窝。当他入睡不久，因绘画而产生的热量消失殆尽，被汗水浸湿了的衣物紧紧地贴在周建身上，这使得他在单薄的被褥中被冻得瑟瑟发抖。不过，在睡梦中的周建并没有感到寒冷，并且迅速进入到一个奇诡的梦中。他梦见自己置身于距离地面近乎无穷远的高空，却又同时注视着此刻正在地下室中酣睡的自己。与此同时，他周围飘浮着数不清的彩色光点，它们发出的每一束光都聚焦在睡着的自己身上。最终，他和这群神秘的围观者一起见证自己在惶惑中睁开眼睛——

早晨六点半，周建醒来。

此时，天蒙蒙亮。

二

谁都不知道，“空泡”究竟是什么时候来到太阳系的。

就严谨的天文观测而言，“空泡”的出现时间应为 2057 年 12 月 27 日上午 9 时 12 分，当时，詹姆斯·韦布空间望远镜在奥尔特云发现了一个形如气泡的不明物体，半径十千米左右，因其外形而被称为“空泡”。然而，地球上的诸多目击者表示，他们早在上午八点就在天空中见到了一个半透明的气泡状物体，大小和太阳差不多大；而最早的目击记录来自甘肃一座偏远的村庄，当地一名十三岁的少年表示，自己在 12 月 26 日下午 3 时就发现了这个和太阳并肩的“空泡”。这些目击者的证词并非空穴来风，因为有相当多的人都拍下了“空泡”悬于空中的画面，包括那名十三岁少年所录下的一段时长二十秒的短视频。然而，就天文学观测而言，目击者断无可能目睹远在太阳系边疆地带的“空泡”，更不可能先于詹姆斯·韦布空间望远镜观测到它，并且他们的观测时间也不应该有如此大的先后差别。但是另一方面，全球各地数以亿计的证词和数以千万计的视频不可能同时造假，因此“空泡”和它的出现时间就成了一个未解之谜。不过，对于全球的观测者而言，有一个时间节点是统一并且确定的：

2057 年 12 月 27 日下午 3 时，“空泡”在所有的地面观测者眼中消失。

但是詹姆斯·韦布空间望远镜仍旧能清晰地观察到它，此刻它正在以每秒约三千米的速度向着地球前进。

在詹姆斯·韦布空间望远镜观测到了“空泡”之后，联合国召开了连续六小时的紧急视频会议。与会者包括各国政要和航天领域的专家学者，但六小时的会议并没有获得多少实质性的成果。“空泡”远在一光年开外，但速度仅每秒三千米，在宇宙中近乎龟速。若以这个速度向地球进发，需要九千多亿年才能到达地球。因此，眼下这个“空泡”对于人类而言几乎构不成任何威胁，而人类也不可能对这个“空泡”做些什么。散会后，联合国公开声明“空泡”对于人类并无危害，但是恐慌和阴谋论仍旧无可遏止地开始传播，并在联合国声明的两个多小时后得到了强有力的佐证——

毫无征兆地，“空泡”突然出现在了木星轨道附近，并与太阳保持相对静止的状态。

这意味着“空泡”瞬间穿越了将近一光年的距离。

联合国再次召开会议，这一次的会议气氛十分凝重。眼下，“空泡”距离人类仅5.25个天文单位，已有可能对人类世界产生威胁。更让人担心的是，当下一次瞬移发生的时候，这个“空泡”很有可能出现在地球上的任何地方，包括地球表面和地球内部。会议结束后，联合国五大常任理事国的政要达成共识：人类必须对“空泡”进行近距离探测，并由中、美、俄三国承担主要探测任务。此刻距离“空泡”最近的航天器是在木星轨道执行任务的中国木星空间站，因此将由中国空间站首先向“空泡”发射原本用来执行木卫探测任务的朱雀号无人探测器，与此同时，中、美、俄三国的航天局正在紧锣密鼓地制订对“空泡”的载人探测计划。12月27日下午5时17分，形如碟状的朱雀号探测器自中国木星空间站发射，驾驶朱雀号的是当时值守木星空间站的中国宇航员吴川——

眼下，吴川是最接近“空泡”的人，也是最远离人类世界的人。

严格来说，当“空泡”出现在奥尔特云的时候，吴川就已经是距离“空泡”最近的人类，他和“空泡”之间的距离要比地球和“空泡”之间的距离近5.25个天文单位。不过当时的“空泡”无论距离地球还是距离木星都极其遥远，5.25个天文单位不过是“空泡”和地球之间距离的约一万两千分之一。和绝大多数人一样，吴川饶有兴味地注视着远在一光年开外的“空泡”，而对于孤单一人值守木星空间站的吴川而言，“空泡”的到来为他漫长的执勤工作平添了一份乐趣；而当他在睡梦之中被空间站的警报系统唤醒，得知“空泡”就位于距离空间站不足两百千米的地方，一种巨大的恍惚感瞬间涌入了四肢百骸。然而，当朱雀号探测器出舱的瞬间，吴川沸腾的情绪在转瞬间归于平静——

接下来的任务需要绝对的冷静，由不得任何情绪的介入。

在经历了一系列复杂的加速、减速和变向后，朱雀号停在与“空泡”相距仅五十米的地方。朱雀号传回的画面显示，即使在五十米外观察“空泡”，“空泡”表面仍旧如气泡一般显得光滑而虚幻，无法观测到其表面存在任何细节。即使距“空泡”仅五十米，朱雀号仍旧无法探测到“空泡”的引力效应和能量效应，换言之，以朱雀号的测量精度而言，“空泡”的质量和能量为零。按照计划，吴川操纵朱雀号向“空泡”发射了一系列频率由低至高的电磁波，而所有的电磁波都毫不受阻地穿过了“空泡”；当最后一束 γ 射线波澜不惊地贯穿“空泡”，吴川将驾驶朱雀号完成探测任务的最后一个环节：驾驶朱雀号穿过“空泡”。

在不到四秒钟的时间里，朱雀号以每秒二十米的速度缓缓穿过“空泡”，整个过程与穿行在真空之中没有任何区别。没有任何物质和能量的阻挡，也没有观测到任何异常的物理效应，从“空泡”内部观察外部的宇宙，和身处气泡内部观察外部世界并无区别。朱雀号对“空泡”的探测初步证明，“空泡”不与外部世界发生任何实质性的交互，仿佛宇宙间一个缥缈的幻影。

在朱雀号证明了眼下“空泡”暂时不会对任何物体产生威胁之后，对“空泡”的载人探测按照原计划展开，而承担这一任务的航天器是秋水号黑洞引擎飞船，通过内置于引擎核心的人造微型黑洞的霍金辐射来获取动力。秋水号的荷载人数为四人，中、美、俄三国共同拟定了参与探测任务的四人名单——作为与“空泡”第一次发生间接接触的宇航员，吴川被列入了名单之中，和吴川一同被列入名单的还有美国宇航员怀特和俄罗斯宇航员莱蒙托夫；在前往探测“空泡”的人员中，只有一人没有任何航天背景，他是来自中国的理论物理学家苏频。刚过不惑之年的苏频是世界最负盛名的理论物理学家之一，在“空泡”出现的第一时间就受邀参加联合国会议，并在会上作了一段简短的发言——他表示既然“空泡”极有可能是人类所未知的物理现象，因此对于“空泡”的探测不仅需要航天人员，也需要物理学家。

在经历了约七个小时的飞行后，载有怀特、莱蒙托夫和苏频的秋水号与木星空间站完成对接，位于木星空间站的吴川登陆秋水号。接着，秋水号与木星空间站脱离对接状态，以第二宇宙速度接近“空泡”，最终定格在距“空泡”仅五十米的地方。此刻，在秋水号的球形舱内通过舷窗肉眼观察“空泡”，与隔着屏幕观察朱雀号传回的画面并无不同——在这个距离，肉眼已无法觉察出“空泡”的弧度，因而呈现在眼前的“空泡”是一个平坦而光滑的平面。然而，当苏频清楚地意识到眼前这个虚幻的“平面”就在距离自己五十米外的前方时，他的内心仍旧为此澎湃不已——

眼下，这一“平面”正给予他以第二段崭新的人生；而在此之前，时间的河流虽然仍旧笔直向前，但他的人生因深陷于无法逾越的困境而趋于凝固。

十二年前，苏频补上了大统一理论的最后一块拼图，这一成果使苏频得以晋升全世界最杰出的物理学家的行列；至此，大统一理论在理论层面终于完美无缺，余下的工作就是通过实验来验证其真伪。然而，实验所需要的技术壁垒无法被轻易打破，验证大统一理论所需要的能量是人类无法企及的天文数字。而苏频为大统一理论所补上的最后一块拼图，证明了一个绝望的事实，即人类只有在证明大统一理论后才能通过技术手段获得验证大统一理论的能量。没有对大统一理论的证明就无法做出验证大统一理论的实验，而无法做出实验就无法证明大统一理论。这两个互为因果的条件相互交锁，意味着从逻辑层面锁死了人类对于宇宙深层规律的进一步探索；当他站在沃尔夫物理学奖颁奖典礼的领奖台前，谁都不知道他的内心其实一片晦暗——

当夜的颁奖典礼是一个悲哀的仪式，宣告人类对于宇宙深层规律的探索已经走到了尽头。

在往后的人生里，苏频不过是在日复一日地消磨时光。他仍旧会做一些基础理论研究，但相对于大统一理论而言，这些理论研究显得无足轻重；他在大学按部就班地担任博士生导师，但他也清楚地知道，其实并没有什么真正有意义的学术目标需要他的学生完成。也许这个世界还会出现不世出的天才，但他也只能在现有的理论框架上打几个补丁。各种各样的发明仍旧会层出不穷地涌现，但所有的发明创造最终都会撞上理论物理的高墙，而文明最终会逐渐停滞，就好像他往后漫长而又短促的人生。

然而，“空泡”的出现使得事情发生了一些微妙的变化，它将横亘在人类面前的物理学高墙砸开了一道缝隙。通过对“空泡”的探索，或许将引导人类发现宇宙更深层次的奥秘。当秋水号的船身与“空泡”相切之际，苏频感觉自己的心脏停跳了半拍——

接着，秋水号穿透了“空泡”。

相较于朱雀号无人探测器，秋水号所搭载的探测装置要完备且精密得多，但是秋水号尚未探测到任何来自“空泡”的物理信号。根据预案，秋水号的三名宇航员将分别出舱，在“空泡”内部进行半小时的太空行走。就探索“空泡”这一任务本身而言，在“空泡”内进行太空行走并没有多少实际价值，因此其意义更多地体现为某种宣传上的目的，在证明“空泡”对人类无害的同时彰显人类的勇气和决心——对于正在观看探测进程的几十亿观众而言，没有什么比穿着宇航服暴露于“空泡”之中，更能体现人类对“空泡”的单方面征服。而在出舱的顺序上，中、美、俄之间有过激烈的争论，三方都希望自己的宇航员能成为第一个“征服”“空泡”的人；就科学探索而言，这个问题完全无关紧要，但在历史的书写上至关重要，因为人们总是对于“第一”印象深刻，而往往对“第二”和“第三”所知甚少。由于吴川已是间接接触“空泡”的第一人，因此中方在权衡后很快退出了对出舱顺序的争执，怀特最终将成为第一个零距离接触“空泡”的人。

现在，怀特已经整装待发，秋水号在吴川的操纵下缓缓打开舱门。在三名宇航员完成太空行走后，真正的探测和实验将正式展开——各种频率的电磁波将自“空泡”内部反复轰击“空泡”表面，粒子捕获器将在秋水号所过之处捕捉“空泡”内部可能存在的微观粒子，空间曲率探测器通过引力波探测“空泡”内部的空间曲率……整个探测过程为期四十六小时，在秋水号的能量行将耗尽前回到地球。

对于眼下的太空行走，苏频并无多少兴趣，在他看来，这不过是在浪费宝贵的科研时间。因此，当怀特跨出舱门的时候，苏频正凝视着空间曲率探测器的探测结果，一个在零附近微微徘徊的数值。这一探测结果表明“空泡”内的时空曲率并无异常——

总之，到现在为止，“空泡”之内，无事发生。

对即将进行太空行走的三名宇航员来说，眼下的平静状态至关重要，因为任何异常情况的发生都将中止太空行走的进行。但对苏频而言，这样的现状令他感到焦躁不安。倘若秋水号自始至终没有探测到任何异常现象，这意味着他们此行一无所获，更重要的是，没有异常便是最大的异常——

这意味着，“空泡”的形成机制仍旧对人类完全隐藏。

正因为如此，当怀特即将开始太空行走之际，苏频心中渗出一丝古怪的期盼——他期待“空泡”内部能发生一些不寻常的事件，即使这些事件可能会中断正在进行中的太空行走。当他这么想的时候，他不自觉地瞥向了右前方的一块屏幕——屏幕上，怀特正向地球挥手致意，脸上挂着无所畏惧的笑容。

空间曲率探测器的警报就是在这时开始响起的，原本在零附近徘徊的数值陡然飙升，然后又迅速回落，接着又向着负半轴一路狂飙。这意味着，就在距离秋水号近在咫尺的地方，空间曲率发生了剧烈的涨落。当秋水号内响起警报的同时，身在舱外的怀特也接收到了空间曲率探测器的警报，于是他迅速向秋水号方向移动，却惊讶地发现秋水号消失在了自己的视线之中——

此时，秋水号位于他身后 3000 米开外。

在刹那间，他和秋水号向着相反的方向各自移动了 1572 米的距离。

三

中午饭点已过，周建只抢到了六单生意。糟糕的接单效率直到下午四点左右才出现转机，天空下起了蒙蒙细雨，糟糕的天气使得外卖订单数量开始上升。下午五点二十三分，周建的配送 App 一连收到了后台系统派发的三笔订单，而他需要在一小时内前往四家餐厅，并将餐点送抵方圆三公里内的五栋公寓楼。

当周建坐在一家茶餐厅角落等餐的时候，他感觉自己开始发烧。而就在此时，系统又为他派发了六笔订单。直到周建拎着外卖走出餐厅，他才意识到为什么这一次系统会对自己如此慷慨——因为就在他等餐期间，蒙蒙细雨变成了倾盆暴雨。

披上雨衣，扭转电门转把，周建感到自己正在与身下的电动车融合为一台新的机器。控制这台机器的中枢不是自己的大脑，而是配送 App 的导航，它以电子女声的形式将指令清晰利落地传递给周建，而无论是轮胎、引擎还是他的大脑与四肢都服务于这些指令。多余的感官正在被逐渐抽离，只剩下那些必要的部分，眼前的世界逐渐变得扁平，最终退化为一张二维的迷宫，城市的光影在迷宫的表面流动，密集的雨幕使得整座迷宫被一层白翳所覆盖。车辆与行人都是迷宫上一个又一个几何体，而他的任务则是在规避这些几何体的同时以最短的路径完成送餐任务。但是这张二维的迷宫并不平整，因为滂沱的暴雨正在迷宫的表面制造出一个又一个大小不一的翘曲——这些翘曲所指涉的是地表深浅不一的积水，而他需要尽可能规避那些积水的浅坑。

前行三百米，左转，逆行进入右侧机动车道——在导航的指示下，周建无所畏惧地迎接着迎面而来的滚滚车流。当他轻车熟路地从两辆并排行驶的汽车之间穿过时，一辆摩托车迎着红灯自右方道路疾驰而来，身着外卖骑手制服的摩托骑手和周建几乎在同一时刻捏住了刹车——

在双方惊惶的对视之中，双方的车身无可遏止地相撞。

两人均未摔伤，但双方的外卖盒都摔在了街上，盒中的食物泡在了道路的积水之中。周建正要弯腰收拾，摩托骑手气势汹汹向周建索赔："赔我五百块，然后咱们私了。"

周建摇了摇头，然后指向了红绿灯；他含蓄地向对方表明，在这起事故中，逆行的自己和闯红灯的对方各负一半责任。"你至少得赔一部分，"摩托骑手说话的声音显然不像之前那样中气十足，"要么给我两百，要么叫警察来处理。"

周建仍旧摇了摇头，然后把自己的手机举在了摩托骑手面前，屏幕上所显示的是两笔订单的简要信息——五份二十多块的盖浇饭，和三份单价高达三百多元的日料套餐，总计金额一千零八十元。摩托骑手愣了半晌，他的表情突然变得惊慌而懊恼：按照他向周建索赔的逻辑，现在该赔偿损失的应该是他。"都是一样的命。"摩托骑手嘟哝着，在引擎的轰鸣声中扬长而去。

当摩托骑手离去的时候，周建开始收拾眼前的残局。他将散落一地的外卖一件一件装入袋中，然后将袋子系在了车把上。接着，他把车停到路边，用手机在网贷平台借了一千多元以赔偿顾客的损失，再打电话给两名顾客谈妥赔偿事宜。整整一星期的收入因为这场意外事故化作泡影，而他需要更加辛苦地工作才能挽回自己的损失；迅速上升的体温使得他的大脑昏昏沉沉，这使得他在恶劣的天气下接二连三地迟到。

内心的画卷仍在不断涌现，且第一次变得纤毫毕现——每一张画所指涉的并非某一个场景，而是一个又一个具体的细节，包括他路过的每一棵行道树、病痛在每一瞬间所表现的状态和账户上所欠债务的每一位数字，也包括他目力所及的每一个行人、打在他身上的每一颗雨点和每一缕缥缈而发散的情绪。层层叠叠的画构建出了一个与现实平行的世界，并逐渐融合成了一张完整的画卷——这张画所对应的，是周建一小段连续的人生。

八点多的时候，雨渐停歇，外卖订单量开始回落。晚上十点半，周建收工，在等红绿灯时收到了配送 App 的推送——因为多次迟到且接连收到四条差评，他被封号一周。

晚上十一点，周建来到自己租住的房间，意外地发现房门洞开，灯光明亮，房东正坐在床沿。“想了半天，还是当面通知你比较好，”房东是一个瘦削的中年男人，以颇为遗憾的口吻说道，“收拾东西走吧，这个房子我不租了。”

“什么？！”周建愣住，“不是说明天才收房租——”

“此一时彼一时，”房东打断了周建的话，“有个小伙子愿意每个月多出一百块租我这间房。”

“我也可以多出一百——”

“中介晚上六点找上门，合同刚签好，”房东陡然间拉下了脸，“快点收拾东西，我最多给你一个小时。”

“让我再待一个晚上——不，就几个小时，明天四点钟我就走。”

“那家伙一早就要住进来，我今天晚上就得收拾房间，”房东说，“你再废话，押金我也不退了。”

一条被褥、一个枕头、几件衣服、一堆画具和一沓画，这就是周建在这座城市的所有家当；十分钟后，它们被周建打包后背在了身上。他面对着紧闭的房门呆立半晌，此情此景和他七年前初来乍到时何其相似——七年前，他背着沉重的行囊来到地下室，虽然狼狈不堪，但心中怀揣着的是对未来天真的向往与渴望。

命运在这一刻仿佛结成了一个闭合的圆环，但很快就指向了相反的方向；现在，周建不得不掉头离开，走出这个他已经无比熟稔的地下世界，然后第一次在深夜面对这座城市的地上空间。眼下，高烧不退的自己或许应该上医院挂一个急诊，或者找一家廉价的酒店休息一个晚上，但对于现在已经负债累累的自己而言，任何一笔开支都重如千钧；因此，他考虑是不是该找一家 24 小时营业的快餐店将就一个晚上，也许当他第二天睡醒的时候，身体的病痛会好转一些。周建骑上电动车在空旷的街道上飞驰，但他并不知道自己应该去往何处，与此同时，对于创作的强烈渴望在他的内心熊熊燃烧——他要画画，并且就在此时此刻。

凌晨两点，他停下车，从包袱里拿出了画具。在路灯昏黄的灯光下，他支起画架，铺上画布，席地而坐，调和颜料。意识因高烧而模糊不清，他在近乎无意识的状态中落下了第一笔。然后，他愕然发现，现实与画布的边界开始消失。

四

三个小时过去了，怀特始终未能登陆秋水号。

造成这一切的根源在于怀特和秋水号的位置瞬息万变，并且连位移也变得不可理喻——譬如，向左侧迈出一步的怀特出现在了自己正后方五百米远的地方，明明在吴川控制下向前方加速冲刺的秋水号却在逆时针打转。怀特和秋水号最近的时候距离仅两米，然而这两米的距离却仿佛一道无可逾越的鸿沟——就当怀特几乎就要迈入舱门之际，怀特和秋水号同时瞬移到了“空泡”的边缘。

秋水号和怀特迷失位置与方向之际，“空泡”的形状不断发生着剧烈的变化，并且每一次变化都与怀特和秋水号的瞬移同时发生。由于秋水号和怀特位于“空泡”内部，因此他们无法看到整个形变过程的全貌，但在“空泡”之外的人类世界，人们看到了形变过程的全部图景。在“空泡”形变过程中出现过的最规则的形状是一个有着三万多条边的不规则多面体，虽然它的外表仍旧参差不齐，但至少保有几何上的平直，而除此之外的所有形状都遍布弯曲和褶皱。

眼下，迷失了方向的秋水号无法营救怀特，也无法驶离“空泡”，即使他们成功救出了怀特，也仍旧被困在“空泡”之中。为之恐慌的不仅是秋水号的四名船员，也包括地球上的人类世界——没人知道，“空泡”会不会突然间瞬移到地球，然后将一座城市、一个国家乃至整个地球吞入其中。

当这些异象发生的时候，苏频也许是全世界最镇定的人之一。他原本就期待着某些不寻常的事件发生，而眼下所发生的一切对他而言近似一场史无前例的大型实验。空间曲率探测器的结果显示，“空泡”内部剧烈的空间曲率涨落持续存在，苏频认为，这就是秋水号和怀特迷失了位置和方向的原因。“想象一只在平坦的纸上爬行的蚂蚁，在这一场景中可被简化为在二维空间中运动的二维生物；由于它所置身的二维空间稳定而规则，因此它能够清晰地分辨出前后左右，”苏频对吴川、莱蒙托夫和通过无线电实时与秋水号保持通信的怀特说道，“但现在，来自三维空间的我把这张纸揉成了纸团，于是这张纸的表面就被不断地扭曲——换句话说，这一处二维空间的空间曲率不断发生着剧烈的涨落。在其空间曲率不断涨落的过程中，纸上的每一个点都在不断地变动位置，其中也包括蚂蚁所置身的地点。于是，这只蚂蚁就会惊讶地发现，自己所身处的位置在不断地移动，并且原本熟悉的前、后、左、右四个方向在这片错乱的二维空间中完全失效了。既然不断扭曲的二维空间能使得置身其中的二维生物迷失，同样的事件在三维空间中也可能发生：眼下，我们就是那只蚂蚁，这一内部三维空间不断扭曲的‘空泡’就是一张被揉成团的三维纸张。那么最根本的问题便是：到底谁在揉这个纸团？”

当吴川和莱蒙托夫与舱外的怀特实时保持通信的时候，苏频一直在观察着秋水号和怀特的位置，以及空间曲率探测器所探测到的空间曲率变化；所有这些数据都在源源不断地向地面发送。相对于自己和三名宇航员的命运，这些数据的价值要重要得多——宇宙的奥秘也许就藏在这些数据之中，而有朝一日，这些数据将会成为人类解开宇宙奥秘的钥匙。

通过不间断地观测，苏频惊讶地发现，“空泡”内部显得混沌无序的空间扭曲其实遵循着固定的循环模式——最初，“空泡”内的空间从初始状态扭曲为Ⅰ状态，再从Ⅰ状态扭曲为Ⅱ状态，接着历经Ⅲ、Ⅳ、Ⅴ、Ⅵ……总计23,932种状态后重新回到Ⅰ状态，然后继续重复以上过程；换言之，“空泡”内的空间扭曲模式像极了无限循环的小数，只是这个循环的“小数”有着相当长的循环节。“既然‘空泡’内部的空间扭曲模式是循环的，那么理论上说，我们就能通过计算预测出某一时刻秋水号和怀特的位置以及这一瞬间‘空泡’内部的方向模式，”苏频向三名宇航员解释道，“而只要能掌握这三个变量，我们就能驾驶秋水号抵达怀特被瞬移的位置，并在营救怀特后逃离‘空泡’。”

“拜托各位尽快，”怀特说，“氧气罐剩下的氧气还够我继续用十二个小时。”

在联合国会议上，苏频提出的营救方案经科学组讨论后以三分之二的票数通过，并且科学组的所有成员都和苏频一起达成了一个基本共识：这一方案所需执行的计算量极为庞大，因而需要同时调动数百台超级计算机的算力。于是，各国政府迅速调集本国的超级计算机，并委派全球最优秀的程序设计师与科学组一起研究并设计相应算法。四小时后，整个算法体系搭建完毕，并将由全球算力最强大的 265 台超级计算机予以执行——每一台超级计算机所执行的都是整个算法体系中的一部分算法，经整合后输出一个完备的结果。

当全球的超级计算机正在马不停蹄地运算时，同为黑洞引擎飞船的群星号正搭载着三名船员前往营救秋水号。然而，倘若“空泡”内的空间曲率变化不终止，那么群星号只能悬停于“空泡”之外待命；另一方面，倘若“空泡”消失或者内部的空间曲率变化终止，秋水号便不需要群星号介入营救。因此，派出群星号一方面是为了应对始料未及的情况，另一方面是让秋水号上的船员和公众安心——就在“空泡”之外，人类的力量近在咫尺，因而秋水号并非孤军奋战。

五小时二十七分后，265 台超级计算机完成了计算，对于怀特的营救即将开始。届时，怀特将出现在距离秋水号 2923 米的地方，而要移动到相应位置，吴川和莱蒙托夫所要执行的操作不过是将秋水号加速到每秒 32.7 千米。营救进行得极为顺利，秋水号的位置分毫不差。突然置身于舱门之间的怀特向舱内迈了一步，接着舱门开始闭合，吴川和莱蒙托夫开始欢呼。但就在舱门即将闭合的刹那，怀特发出了撕心裂肺的惨叫——

在怀特的小腿上，出现了一个铅笔粗细并且极为规则的圆柱形贯穿伤口。自伤口涌出的鲜血凝结成一个又一个大小不等的血珠，仿佛血红色的气球般在真空中漫无目的地漂流。

其中有一部分血珠飘浮到了舱内，在重力作用下坠落成薄薄的一摊，在舱内的地面上缓慢地流动。

然而，相对于怀特的惨叫，秋水号的其他船员被一个更为惊人的事件攫取了更多的注意力。就当怀特的右腿被洞穿的同时，原本十分空旷的“空泡”内部突然出现了各种颜色的光，它们的分布极其稠密，充满了“空泡”内部的每一寸空间；与此同时，“空泡”内部的空间曲率停止变化，外部的形状定格为一只巨型的克莱因瓶。直到怀特的第二声惨叫传来，吴川和莱蒙托夫才冲向了舱门，启用医疗箱对怀特受伤的腿进行包扎。

“就在刚才，一束 γ 激光穿透了你的小腿，”苏频说，“辐射传感器的监控记录显示，在你受伤的瞬间，有一束强度足以切割秋水号船体的高能 γ 激光出现在了舱门附近，其位置与你的伤口完全吻合。”

“这意味着我同时还吸收了大量的 γ 辐射。”怀特说。

“所幸的是，辐射主要集中在腿部，距离脏器较远，并且遭受辐射最严重的肌肉组织已经脱离了你的身体，”苏频说，“但无论如何，这都要比单纯的腿部受伤糟糕得多。”

“更要命的是，我们可能一时半会儿回不去了，”莱蒙托夫说，“眼下，‘空泡’边缘分布着密集的高能 γ 激光，其密度比‘空泡’内的其他区域高得多。”

对于秋水号而言，真正的威胁并不来自可见光，而是肉眼无法观测到的不可见光。辐射探测器显示，在“空泡”内部存在着极为稠密的不可见光，在密度和数量上远远高于“空泡”内的可见光。这些不可见光包括波长大于可见光的无线电波、微波和红外线，也包括波长小于可见光的紫外线、X 射线和 γ 射线。色彩在本质上是生物对光的视觉感知，因此倘若秋水号上的四名船员拥有感知不可见光的能力，那么他们所观察到的色彩将比现在丰富得多。绝大多数不可见光对于秋水号而言是无害的，然而就在这些无害的不可见光中夹杂着足以洞穿肢体乃至船体的高能 γ 激光。

倘若这些光是一成不变的，那么吴川和莱蒙托夫只需要操纵秋水号绕过这些高能 γ 激光即可，然而问题在于，“空泡”内的光瞬息万变——每过 0.16 秒，“空泡”内的光就会发生一次剧烈的改变。

不过，虽然“空泡”内的光千变万化，但其分布仍旧保持着一些基本的规律，譬如位居“空泡”中心的不可见光主要以红外线为主，而在“空泡”边缘，则主要由高能 γ 激光构成。因此，虽然“空泡”内部的空间曲率已经稳定，但位于“空泡”边缘的稠

密的高能 γ 激光仍旧封锁了秋水号逃离“空泡”的出路，而位于“空泡”其他区域的零星的高能 γ 激光仍威胁着秋水号的安全。考虑到高能 γ 激光随时可能击中秋水号，秋水号的四名船员穿上了宇航服，以便在秋水号被高能 γ 激光击中后能够及时逃生。随着时间的推移，秋水号上的船员们惊讶地发现，“空泡”内的光线不再相互穿透，仿佛正在变得黏稠，最终使得他们的视线无法穿透任何一束光线——于是，透过舷窗，他们所能看到的只有覆盖秋水号表面的瞬息万变的光。“它们是被驯服了的光，”苏频说，“‘空泡’内部显然具备着某种我们不可知的力量，把原本自由扩散的光线塑造成了如流体般滞重的模样。”

“请允许我用一个更加直白的比方——在我看来，这些光像极了被随意泼洒的颜料。”莱蒙托夫指向紧贴舷窗的那一层光怪陆离的色彩，“你们有没有觉得，它像是一张抽象画？”

“你还别说，还真有点像杰克逊·波洛克的滴色画。”怀特说，“但色彩要比波洛克的画丰富得多……嗯，也要零乱得多。”

“各位所见到的不过是‘空泡’内部一张二维曲面上的色彩，而像这样的二维曲面，‘空泡’内部有无穷多张。”苏频在 AI 辅助窗口输入了一行指令，在“空泡”内部可见光分布图中截取了数十张平面，“虽然我并不怎么懂艺术，但它们确实符合我对于抽象画的认知。”

“所以，‘空泡’的本质是一个不断画出无穷多张抽象画的艺术家？”怀特说。

吴川点了点头："也许还是一名把不可见光也纳为颜料的艺术家。"

"如果你们真的把'空泡'内的光当成画的话，那么我认为呈现在我们眼前的画并非无穷多张，而仅仅是一张，"苏频说，"作画者身处四维空间，以'空泡'内的三维空间为画布，画了一张三维的画。"

无须苏频进一步解释，三名宇航员很快理解了苏频话中的含义。人类绘画艺术的本质是在一张二维平面上加以颜色，那么在一块三维空间里加以颜色便能得到三维的画作。然而，正如身处二维空间的二维蚂蚁只能看到一幅二维画作的局部，身处三维空间的人类永远不可能看到三维画作的全景；而要观察一张三维画作的全貌，就只能让自己身处四维空间，正如二维画作对于三维的人类而言一览无余。"如果'空泡'内部的光是身处四维空间的画家在三维空间所作的画，"吴川说，"那么这名画家为什么要在绘画之前扭曲原本几乎完全平直的三维空间？"

"也许绘画艺术不仅在平面上成立，也完全可以在各种曲面上进行，"苏频说，"如果我们认可人类画家可以在一张充满弯曲和褶皱的曲面上创作，那么我们同样可以认为，在一个充满褶皱和弯曲的三维空间里绘画也许是这名身处四维空间的画家所追求的艺术形式。"

"那还剩下最后一个问题，"莱蒙托夫问道，"如果'空泡'真的是四维文明的三维画布，那么他们为什么要千里迢迢跑到太阳系作画?”

“天哪，我们说着说着居然当真了，”苏频苦笑道，“我并不确信‘空泡’是三维画布，只是顺着你们刚才的话作了一点儿猜想……不过，坦白说，这似乎是眼下最合理的猜想，而你刚才的问题是这个猜想中唯一无法自圆其说的部分。”

“所以我们只能冒着被这名四维画家的高能 γ 激光颜料击穿船舱的风险，静静地欣赏他作画?”怀特问道。

“但在‘空泡’边缘被高能 γ 激光封锁之前，我们只能等待，”吴川说，“但愿那个家伙能早点儿画完——如果他真的是在画画的话。”

然而他们很快就放弃了等待，因为高能 γ 激光的高密度区域正从边缘迅速向整个“空泡”弥漫，从而使秋水号被高能 γ 激光击中的概率陡增。因此秋水号必须立刻逃离“空泡”，而此刻“空泡”边缘已不再被高能 γ 激光封锁得密不透风。然而，就当黑洞引擎启动的刹那，秋水号内突然警报大作——一束两毫米宽的高能 γ 激光击穿了秋水号的黑洞引擎。

五

画布是独立的宇宙。

当画布上一无所有的时候，这是一个绝对虚无的宇宙。物质和能量缺席，时空未曾建构，雪白的画布上是一片彻底的虚无。

然后有了色彩。

当浸润着颜料的画笔落在画布上，这个虚无的宇宙就诞生出了结构；或者说，它具备了时空，并从中孕育出物质、能量和物理规则。周建内心的画卷是这些宇宙原始的胚胎，它们经由周建之手在画布上演化。

现在，现实与画布之间的边界逐渐消失，于是他既置身于现实之中，同时也置身于画布中的宇宙；而这个陌生的宇宙正在投影出他的一生。于是，他再一次在深夜的街头漫无目的地骑行，再一次被房东扫地出门，再一次与另一名外卖骑手相撞；再一次，他坐上了前往南方的火车，再一次经历了乏善可陈的童年，再一次在产房里呱呱坠地——终于，画布之上，所有的物质、能量和时空结构都已尘埃落定。

而他已将自己的一生画入了画中。

周围的一切在刹那间消失，然而他对此并没有感到丝毫惊奇，好像一切都顺理成章；而当时的周建还不知道，这是外部意志投射在他内心的结果，否则他的心灵无法承受将要见证的一切。周建悬浮于一片虚无之中，在他的前方，存在着一个体积为零的点——

这是一个裸露的奇点，是这个宇宙最初的源头。

时空始于奇点的爆炸，这一体积为零的点演化成了一个比原子还小的球；物质和能量涌现，基本粒子和自然之力诞生。所有这一切只能被感知而不能被目击，因为彼时的光子仍被牢牢地束缚在亚原子粒子之中，直到一个质子和一个中子结合成了第一个原子，一串光子才为这个宇宙带来了幽暗的光——从此，这个宇宙有了色彩。

这是宇宙在前三十多万年岁月里发生的事件，然而他的感知并不遵循着时间箭头——漫长的宇宙岁月被分解为不计其数的普朗克时间，并同时呈现在周建面前，而他得以在瞬间掠过无穷无尽的时光。他目击了核聚变之火在一颗初生的恒星上熊熊燃烧，同时目睹氢核合并为氦核时的能量在时空中掀起阵阵涟漪；当超新星在他眼前制造出惊世骇俗的闪光，他正注视着每一个被抛离的粒子在空间中划过悠长的曲线；他惊叹于夸克在强力束缚下近乎永无休止的缠绵，然后向绵延一百亿光年的武仙—北冕座长城张开了自己的怀抱；他欣赏着量子涨落在每一个微小的空间里疯狂地舞蹈，而它们的舞步正与概率波的闪烁争辉；他在麦克斯韦方程组编织出的电磁场之间徜徉，在相对论的阴影里抚摸着整个时空的结构；他聆听着热力学第二定律的咒语在永无休止地吟唱，群星在熵增的咏叹调中无可遏止地走向死亡；他看到最后一个质子在分崩离析的刹那逸出的那一抹光晕，随后见证宇宙在完成热寂后陷入永夜……他观察，他聆听，他触摸，他品尝，他感知所有宏大的事物，也洞悉所有幽微的细节，最终获取了对宇宙最澄澈的领悟——现在，他理解了这个宇宙过去发生和将要发生的所有一切。

宇宙在周建的心灵中变成了数量近乎无穷无尽的画，包括时空里的每一处褶皱、构成物质的每一枚粒子和制约万物的每一条定律。然而，整个宇宙本应是一张完整的画。此刻，他的绘画不再需要假借任何有形之物——在一个略微长于普朗克时间的时间片段内，周建完成了这张以整个宇宙为对象的画。

他，或者他们，就是在周建完成这幅画时向自己发出了深沉的召唤。那一刻，周建才认识到，他或者他们其实一直在注视着自己，而现在，自己终于通过了考验，并将成为他们的一员。

在极其遥远的过去，他们在时空的一次随机扰动中诞生。他们在诞生的那一刻就洞悉了数学和物理的所有真理，同时明确了文明发展的终极目的——在空间中对不同波长的光进行排列组合。

倘若以人类的视角来看，这一目的即是绘画。他们所运用的颜色不仅包含人类的可见光，还包含所有的不可见光。在他们看来，美是客观的现实，亦是内禀的属性，却又是宇宙中唯一无法通过数学和物理法则诠释的概念；它是从自然派生出的至高之物，是浩瀚宇宙中的最高价值。最初，他们在二维平面上作画，很快就耗尽了周围所有的物质、能量、空间和时间，继而在宇宙中留下了一片一无所有的废墟。

当他们离开那片废墟之际，他们已经穷尽了二维空间的所有绘画形式，并将自己的艺术投向更广袤的三维空间。他们创作，他们进化，他们扩张，直到遇到了名为歌者的文明。歌者在力量上与他们旗鼓相当，并且拥有和他们相似的抱负，只是他们创作的对象并非绘画而是诗歌。歌者用词汇构建出横亘数千万光年的防线，而他们则以色彩向他们发起直抵宇宙洪荒的冲锋，词汇与色彩在每一个时空的基本单元内交战，并在时空的尽头化作诗与画的尘埃。当歌者的最后一个词汇化作一抹由 γ 射线承载的鲜亮色彩，这场战争终于结束；而在战争结束的瞬间，他们终于洞悉了三维绘画的至高形式。

他们跃迁出了这个千疮百孔的宇宙，同时开始了对四维艺术的追求，然而在远比三维艺术浩瀚的四维艺术面前，他们的审美认知显得相当贫瘠。眼下，他们所知的唯一能提升自我审美认知的手段，便是将文明中每一个独立的个体融合为一。

所有这些变化均来自被称为“涌现”的现象，即当系统中的个体在相互作用之中构成整体的时候，一些新的属性或者规律突然在系统整体的层面诞生。100^{300} 份思想共同涌现为他的思想，但也可以视为他的思想同时产生了 100^{300} 个分支；但是，这并不意味着他们中的每一个个体都像过去一样拥有着独立的意志——他们是零件，他们是回声，他们是阴影，但唯独不再是他们自身。

融合的进程仿佛宇宙历史的反演，如繁星般的意识同时向着时空中某一个定点汇聚，而他们的融合归根结底是为了更大的融合。色彩并不是光，而是视觉对光的感知，因而面对同一束光，不同的意识体会感知到不同的颜色，从而拥有不同的审美认知；而要拓展美的边界，他便要将其他意识体融入其自身，正如此前的他们融合为他。

数千亿年的时光匆匆而逝，他才遇到了第一个符合他标准的意识体——这一硅基生命执着地探索着三维绘画，却因自身束缚于三维空间而功败垂成。在他看来，对他的吸收是一种至高的奖赏，与他融为一体的他将见证三维绘画的完整面貌。然而，出乎他意料的是，这一硅基生命并不愿意丧失自己独立的意志，并极为顽强地与他对抗——他以算法撕裂了时空，钻入时空裂隙试图逃亡，然而殊不知他已在时空裂隙的彼端恭候多时。

当吸收完成之际，这一硅基生命的硅基身体仍旧完好无损地存在着，只是它所承载的意识体已经脱离其载体，成为他的一部分；而他多么期待遇到下一个有资格被他吸收的对象，但他要为此等待亿万年乃至更长的时光。在人类的数学语言都无法描述的漫长岁月中，他所吸收的意识体已经远远超过了他们自身的数量。在那么多被他吸收的意识体中，他最感兴趣的是一个存在于二维空间的意识体——

二维的他只能在一维空间中作画，却在画中塑造出了四维时空。

虽然平行宇宙的数量无穷无尽，但是意识体的存在数量是有限的，而他已经有相当长的时间没有吸收新的意识体了。因此，当他来到这个诞生仅一百三十八亿年的宇宙，他几乎不抱有任何期待，直到他将目光投向一个螺旋星系边疆地带的一颗岩质行星上——在那里，有一个意识体正在发出微弱但精巧的艺术之光。于是他跃迁到这个意识体所在的恒星系边缘，在瞬间获取了这个意识体的全部信息，而这个意识体正是在地下室绘画的周建。

在他全面彻底地了解周建以后，他开始探寻周建所隶属的文明，然后便认识到这个意识体的诞生是砂石中诞生的珠玉。不过，虽然周建的审美认知已经将他的同类远远甩在了身后，但仍未精湛到足以成为他的一部分——他的审美认知距离他的标准仍旧存在着一小段距离。

不过，他仍旧愿意再观察一会儿，因为他发现周建的审美认知正持续地发生着幽微的变化。因此，也许他再等待一段时间，周建就有资格被他纳入；而若要观察这些变化的全部细节，他就必须介入到他的意识之中。于是，他进一步拉近了与周建之间的空间距离，继而潜入了周建的心智——于是，在梦中，周建觉察到了他对自己的观察。

当他观察到了周建审美认知变化的全貌，他便认识到周建的审美认知存在着一个明确的上限；这一上限距离他所设定的标准只有咫尺之遥。他感到有些惋惜，但他不可能对周建网开一面，而在过往的岁月里，这样的情况也时有发生。

但就当他打算结束对周建的观察继而跃迁出这一宇宙的时候，出乎他意料的情况突然发生。刹那间，周建的审美认知发生了急遽的变化，继而在短时间内突破了自我的上限；直到这时他才发现，原来剧变的引信早在八个多小时前就已经埋下，那是一系列连锁的事件，包括连绵不绝的暴雨、突如其来的事故、越发严重的病痛和房东深夜的驱逐，但还需要更强烈的苦难和更澎湃的创作才能将剧变点燃。当因高烧而意识模糊的周建在南方湿冷的冬夜执起画笔，点燃引信的两个条件就同时得到了满足。他将自己的一生绘入了画中，同时证明自己已经有资格成为他的一部分。

虽然周建的审美认知距离他的标准仍旧相隔微乎其微的距离，但这一次他不会将他放弃；周建超越自身上限的审美认知终究会越过这段微小的差距，但从他所身处的现实来看，他很有可能在此之前就死于他所身处的现实环境，因此他需要亲自介入。他将周建的意识体自血肉之躯中抽离，并同时赋予周建以宇宙的全景和真理，还为他创造了独立的二维空间作为他创作的画布。当周建将他所置身的宇宙绘入画中，他的审美认知就迅速超越了他所设定的标准——

终于，周建加入了他们，并且成为他。

他们在思考，便是他在思考；反之亦然。

然而，四维艺术并非艺术的终点，而他正将自己的视线投向更高远的层次——

他要创作五维的艺术，而空间维数可以一直延伸到无穷；而他不过是刚刚迈出了第一步。

人性正在周建的心灵中迅速消失，生而为人的记忆已经十分淡薄。他向太阳系投去了仓促的一瞥，看到了那张击穿太阳系的画卷。四十多分钟后，几十亿人类将向这张画投去惊异的目光，而他们永远无法理解这张画的内容。

即将消失的人性就在这一刻迎来了短暂的复苏，一丝若有似无的骄傲在他的心底闪耀——迎接着几十亿束迷惘而震惊的目光，他的艺术将得到全人类的见证。然而，当他意识到地球上的芸芸众生终究无法理解他的艺术，他的那一点点骄傲也就此沦为同情。于是，他决定将自己的意志投射向文明的每一个个体，以使得他们能够理解这张画；然而当他决定要这么做的时候，他的意志开始剥夺他残存的人性。于是，在人性弥留的瞬间，他将自己的意志投射向距离这幅画最近的人类——一名被他困在四维画布投影中的物理学家。

彼时，在人类世界还发生了一件无足轻重的小事：清晨，一名环卫工人发现了一具席地而坐的尸体。这具尸体的右手牢牢地攥着画笔，眼睛仿佛仍旧凝视着面前那张抽象的画。当这具尸体和他身边的遗物被警方带走之后，空旷的街头迎来了第一缕阳光，而那张覆盖整个天空的画逐渐消失在了地平线。

六

在秋水号的黑洞引擎被击中的刹那，身穿宇航服的秋水号的四名船员立即通过紧急逃生系统弹射出舱，因此当秋水号爆炸解体之时，四名船员刚好位于爆炸半径之外。洞穿了黑洞引擎的高能 γ 激光被人造微型黑洞迅速吸收，巨大的能量增幅使得原本缓慢蒸发的微型黑洞在转瞬间释放出了巨大的能量。虽然视线受阻于“空泡”内的光，但通过宇航服上的光学传感器和头盔上的全息显示屏，四名船员仍旧目睹了秋水号爆炸解体的全部过程：

安装有黑洞引擎的秋水号尾部亮起了一簇球形的光芒，同时整艘秋水号如涟漪般剧烈地弯折，当光芒熄灭之际，秋水号已成为不计其数的残片；眼下，秋水号所剩的唯一完整的事物是作为动力来源的微型黑洞，它将在未来三年持续蒸发直至终结。

高能 γ 激光仍旧在“空泡”内部随机地穿梭，每一个人都有可能在下一刻被它们击中。而目睹了秋水号前车之鉴的群星号只能在“空泡”外按兵不动，因而秋水号的四名船员只能借助宇航服的喷气背包逃离“空泡”，倘若他们足够幸运，那么他们或许能活着穿过这段危机重重的路。

那张充斥着色彩的巨大平面就是在他们艰难跋涉之际出现在四人眼前的，并在四十多分钟后进入到地球上的人类视野之中。它与“空泡”相切，遮蔽了整个天空，即使是远在柯伊伯带的无人探测器也无法看到它的尽头；而由于它仿佛一张来自天际的画，因此日后被命名为“天绘”。多年后，来自“天绘”边缘的光终于抵达了人类世界，人类才认识到了“天绘”的真正尺寸——它长、宽均为四光年，贯穿了整个太阳系，几乎将太阳系切成了两个大小相等的半球。没人理解“天绘”上画的究竟是什么，其表面色彩的排列组合超越了人类艺术家最狂野的想象。当苏频凝视着“天绘”上的图案，他脑海中浮现出了一个似曾相识的问题：是谁画出了这张巨型的画？

当苏频距离“空泡”边缘约两百米的时候，他的头盔表面出现了一道细小的圆形裂纹。苏频立刻意识到，此刻看不见的高能

γ 激光正在洞穿他的头盔，并将在下一刻击穿他的头颅。在生命即将结束的最后时刻，苏频并没有感到多么恐惧，而他仍然在思考着“天绘”和“空泡”究竟从何而来。

对于真相的领悟就是在这一刹那发生的，虽然毫无征兆，在苏频看来却是那么顺理成章。彼时，他还不知道这是外部意志投射于他心智的结果，否则他的心灵将无法承受所理解的一切。在这一瞬间的领悟面前，他的一生都显得黯淡无光——事实上，他在那一瞬间所理解的真相，已经远远超越了整个宇宙。

在这些突然诞生于脑海的领悟之中，关于“空泡”的部分只占据了微乎其微的比例，它们是关于他和他的画布的一些细节。“空泡”是四维空间在三维空间的投影，正如一个三维的物体以二维投影的形式在二维平面上显现。当他跃迁到太阳系时，“空泡”尚未完整地嵌入到三维空间，正是这一细微的空间紊乱使得地球上的人们在不同的时刻先于空间望远镜观察到了“空泡”；当他拟定画布的结构，便是在将四维画布塑造成各种各样的形状，于是“空泡”的外部形状和内部空间曲率也随之变化，直到他从中挑选出最满意的一张；当他开始作画，四维画布就出现了色彩，而其投影即“空泡”也随之充盈着不同波段的光。

苏频对于这些细节的理解是详尽的，但是对于他的理解则是十分简略的。关于他的信息是如此庞大，以至于在电光石火之间，这名信息的传递者只能将他的概况送达苏频的意识之中。不过，无论是他还是“空泡”，都并不是这名信息传递者所要传达的最核心的信息，而他最需要苏频理解的是那张横亘于太阳系的“天绘”。那一刻，苏频理解了“天绘”，于是也就理解了整个宇宙——

而这一切都来自一颗生前孤苦无依的艺术灵魂。

“空泡”和其内部千变万化的光就是在苏频顿悟的这一刹那消失的，与此同时，苏频之前所获得的所有领悟全都烟消云散。“空泡”消失后，群星号及时赶到，成功营救因头盔破碎而陷入窒息的苏频和秋水号上的三名宇航员。当苏频在群星号上苏醒的时候，他只是依稀记得刚才似乎理解了“空泡”和“天绘”，但完全遗忘了自己所理解的具体内容。彼时，那名信息的传递者早已将自己心智的触角抽离出苏频的意识，消失在了人类所无法理解的远方。

群星号返航后，人们对于“空泡”和“天绘”的研究持续进行，而相对于消失的“空泡”，人们对长时间横亘于宇宙中的“天绘”更感兴趣。“天绘”并不围绕太阳公转，始终与太阳保持着相对静止的状态，因此当地球绕转至太阳与“天绘”之间的时候，“天绘”在夜晚就会取代原来的星空，使人类的夜空变得色彩纷呈。各国陆续派遣飞船前往“天绘”，但宇航员们所探测到的只是普通的可见光；而当他们抵近观察“天绘”，他们惊讶地发现，“天绘”表面所具备的细节远远超出了他们的想象——在“天绘”上随机截取一平方纳米的区域，区域内的色彩丰富度与一张一平方米的人类画作无异。不过，人类能够近距离观测到的区域只占“天绘”的极少部分，因为人类飞行器所能抵达的最远距离约八个天文单位，而“天绘”的长、宽均为四光年。这意味着，对于“天绘”的总面积而言，人类所能近距离观测的区域几乎可以忽略不计。

对于“天绘”表面的图案，公众的观点莫衷一是。有一部分人认为，“天绘”是宇宙中自然发生的物理现象，但它本身与艺术并没有直接关联，人类在“天绘”上所看到的色彩不过是随机生成的图案；不过，大多数人认为“天绘”是一张超乎人类想象的画作，来自神明或是外星文明。在“天绘”出现两周以后，以“天绘”为原型的表情包、短视频、脱口秀段子等网络迷因开始涌现，成千上万的博主因恶搞“天绘”而走红；而在时尚界，“天绘”的图案成为最炙手可热的时尚元素，大街小巷到处可以见到以“天绘”图案为印花的服饰和箱包。不过，和所有的网络迷因以及时尚潮流一样，“天绘”的流行不过是昙花一现。自“天绘”出现的两个月后，静止的“天绘”已经无法带给人们任何惊奇。

对于“天绘”的科学探索始终停留在猜想和假说的层面，而随着时间的推移，科学界对于“天绘”的研究日渐式微。苏频是极少数仍旧对“天绘”保持强烈兴趣的科学家，为此他不惜辞去教职，终日凝视着“天绘”的图案，这些图案包括空间望远镜拍摄的“天绘”全貌、宇航员近距离观测“天绘”期间拍摄的细节和被“天绘”所遮蔽的夜空；在“天绘”浮现的日子里，苏频过起了日夜颠倒的生活，他在白天睡觉，在晚上长久地凝视着覆盖整个苍穹的“天绘”。苏频对“天绘”近乎反常的狂热令身边的人极为费解，而只有苏频自己明白背后的原因——

他依稀记得，当“空泡”消失的那一刹那，他曾完整而又清晰地理解了“天绘”，并洞悉了“天绘”所揭示的宇宙深层的规律。

十年的时光转瞬即逝，苏频对于“天绘”的探索一无所获。多少个日日夜夜，他长久地凝视着“天绘”上光怪陆离的色彩，内心却完全放空。然而，他并没有为此而感到沮丧，因为这种放空的感受让他体会到一种奇妙的充实感。他并不指望自己能在有生之年从“天绘”中看出什么名堂，但即使如此，“天绘”的存在已点亮了他原本黯淡的余生。

不过，苏频所不知道的是，当初那名信息传递者投射于苏频心智中的意志以一种微妙的方式永久地改变了苏频的心智结构，这就是为什么苏频记得自己曾经理解了“空泡”和“天绘”的原因；然而，这一改变所引发的效应还不止于此。随着他长时间地凝视并思考着“天绘”，他的心智结构仍旧在持续地发生变化，直至引发了某种质变。那天晚上，他和往常一样凝视着夜空中的“天绘”，视线锁定在人类迄今为止能够探测到的“天绘”的区域，而他内心所聚焦的则是“天绘”上某一平方纳米的区域经放大后的图像。在内心完全放空的状态下，深沉的领悟无中生有地出现，从这一片色彩中，他理解了大统一理论的证明——原来这一部分色彩是宇宙大统一理论的另一种表现形式。

有理由相信，整张“天绘”蕴藏着宇宙深层的规律，甚至完全等价于整个宇宙。因此，当他终其一生所追寻的真理在头脑中浮现，他仿佛看到了在前方绵延的看不到尽头的路。他可以像刚才一样从一个又一个“天绘”的细节之中逐一推演出支配宇宙的规律，但按照这样的速度，他穷尽一生也最多只能理解“天绘”上某一块千分之一平方毫米的区域，更何况人类对于“天绘”绝大多数区域的细节根本一无所知；所以，也许他需要反其道而行之。于是，他回到客厅，通过全息投影仪投影出詹姆斯·韦布空间望远镜所拍摄的“天绘”全貌，试图从这一完整但粗糙的“天绘”图像中得到宇宙真相的大致轮廓，接着再逐渐反推出其中的细节，然而和过往的绝大多数时候一样，丰盈的色彩在他的内心里投影出一片虚无。不过他相信，从那片虚无之中总能诞生出宇宙的真相，正如宇宙从虚无之中诞生。

他等待着。

并且期待着。

首发于《芙蓉》2023年第1期

卫煌

绵延六十公里的三危山上，唐北川和唐临已经跋涉了两个小时，他们是此刻三危山仅有的登山者。“儿子，歇一会儿吧，不到顶也没关系。”唐北川放下登山杖，席地而坐，面朝西面鸣沙山崖面，崖面上错落分布着大小不一的洞窟，“我每次爬三危山，都不是为了到达峰顶，而是要在那里看对面的莫高窟。”

正值黄昏，晚霞笼罩着苍茫的戈壁和起伏的群山，却在洞窟前戛然而止。于是，被晚霞映照得火红的崖面上，大大小小的洞窟仍旧显得漆黑幽深而又神秘莫测。唐临盘腿坐在唐北川身边，目光追随着唐北川的视线，他的眼睛也像洞窟一般深邃：“爸爸，我觉得……它们是天上的星。”

“在这个距离，再深的洞窟看上去都是黑色的截面，就像燃烧的恒星在我们眼里只是闪烁的光点；而自己明明站在更高处，却总觉得是在仰望群星般地仰视莫高窟。”唐北川的脸上浮现出温和的笑容，“我喜欢这个比喻……刚刚，你说出了我每次登山的真正理由。”

“我们看到的星光，都是无可改变的历史。”唐临仰起了头，望向逐渐西沉的落日，“恒星发出的光跋涉了成千上万年，最终抵达我们的眼底，所以每一束光都记录着星辰的过去。正如我们注视的每一个洞窟，所记载的都是千百年前的历史。”

“是啊，被你这么一解释，这个比喻就变得更严谨了。”

“这不是比喻，”唐临说，“当我第一次踏入莫高窟时，便觉得是在飞向群星。”

“那时候你只有四岁……”

“正因为只有四岁，我才能拥有这样的感受，并将它一直延续到现在，”唐临说，“它来自单纯的想象，并没有多少严谨的逻辑——至于洞窟和星星之间到底有什么关联，也许只是我成年后所作的牵强附会的解释。”

“这么多年，你从来没有和我说起过。”

“因为没到时候。”唐临说，眼睑低垂。

起风了，戈壁滩扬起了漫天的风沙，眼前的世界像是加了一层暗黄色的滤镜。三艘飞掠艇穿过戈壁上方的天空，自西向东疾飞而去。“今晚，他们就能抵达酒泉星舰发射中心，”唐北川说，“如果我没记错的话，他们赶的是晚上十一点发射的星舰‘天水’号。”

“这是最后一班星舰，”唐临在风沙之中用力地睁开眼睛，视线追随着远去的飞掠艇，“过了今晚，所有还留在地球上的人将

启航约八年后，人们收到了它顺利抵达的消息，却始终没有等到“相对论”号回来——自“相对论”号抵达比邻星 b 后，它便音讯全无，消失在了茫茫的宇宙之中。

对于“相对论”号的失踪，人们认为它要么是在返航的过程中发生了事故，要么就是船员在探测比邻星 b 的过程中发生了意外。三艘星舰开往比邻星 b 调查，对半人马座 α 三星系统展开了地毯式的搜索，但完全没有见到“相对论”号的影踪，“相对论”号的失踪就只能解释为在返航途中发生了事故。随着时间的流逝，“相对论”号的失踪之谜逐渐被人们淡忘，但就在它几乎完全退出人们记忆的时候，来自“相对论”号的电磁信号毫无征兆地抵达地球，那是一则只有两行字的简讯：

“相对论”号的船员将在宇宙中永远飘泊下去

在无垠的星际之间流浪直到死去

“相对论”号的不辞而别让地球社会出离了愤怒，在长达十年的时间里，人们将他们视为人类世界最大的变节者。然而，当冲动的情绪逐渐退去，人们开始意识到“相对论”号的船员们所做出的选择是人类文明有史以来最恢宏的冒险，那十名船员离开了自己生于斯长于斯的家园，向人类展现了文明发展的另一种可能。22 世纪前半叶，全球气候、板块运动和大洋流动的大规模异常活动接连发生，人类在地球的生存环境日益恶化。因此，当人类社会对“相对论”号的永别感到震惊的同时，也提出了一个无法回避的疑问：当人类已经掌握了在星际独立生存的能力，人类应不应该离开这颗前途未卜的星球？

然而这在当时仅仅是一种思潮，并没有人像“相对论”号的船员一样付诸实际行动，因为人类还不知道广袤荒凉的宇宙究竟会如何对待渺小的人类。正因为如此，人们格外关注“相对论”号在宇宙空间中的遭遇，它的命运将揭示人类是否真的有能力踏出文明的摇篮。然而，令所有人失望的是，“相对论”号再一次杳无音信。那些鼓吹人类应该向宇宙进发的激进人士虽然不断地重申他们的立场，但他们无一例外都选择了留在地球。“相对论”号流浪在外整整七十年后，一个带有虫洞跃迁引擎的小型发射器突然跃迁至太阳系的边缘，接着被驻守在奥尔特云的无人空间站捕获。发射器内是一块镌刻着“相对论”号徽标的数据硬盘，硬盘内是 972TB 的银河系各星体的近距观测数据和一封简短的问候：

当你们收到这份礼物的时候，我们已经过完了美好的一生。

我们相信，人类值得更大的世界。

收到数据硬盘的第二年，人类世界陆续发射了三十五艘不再返航的星舰。随着时间的推移和技术的进步，星舰的数量不断增长，制造成本却在不断下降。至 2230 年，常规星舰已能荷载数千名乘客，而更重要的是，乘坐星舰不再是精英的专利，普通人也能以低廉的价格获得一张星际旅行的船票。越来越多的人选择告别环境持续恶化的地球，成为永不返航的星际移民。

“相对论”号离开地球后的两百多年时间里，接近九成的人类永远离开了地球。当唐北川出生的时候，整个地球只剩下不到三百万人口；当他五十岁的时候，全世界的人口数量已经锐减到了不足一万。离开地球的原因总是相似的，但是留在地球的原因各不相同，而唐北川留下的理由，是敦煌的莫高窟。

唐北川出生于河南洛阳，在一栋普普通通的公寓楼里度过了自己的童年和青春。彼时，许多原先愿意留守地球的父母，因为孩子的出生而举家飞赴太空，显而易见，对于新生的孩子来说，相对于留在日益荒凉的地球，尽早融入星舰文明才是更有前途的未来。但是唐北川的父母并不愿意因为孩子而放弃自己对于故土的执念，于是他们让儿子在地球接受教育，等唐北川成年后，有了独立生活的能力，才允许他离开地球飞向太空。“人都是地上长的，咋能跑到天上去呢?”小时候，唐北川的母亲常常念叨着这句话，“你长大了，你自己到天上去，我和你爸可不陪着。”

和绝大多数同龄人所想的一样，早在三岁的时候，唐北川就决定在成年后离开地球。十八岁生日那天，唐北川已经做好了飞向太空的一切准备，但在彻底告别地球之前，他决定进行一次环球旅行，在真正地认识这颗星球之后再奔赴浩瀚的星空。出于某种浪漫的情怀，唐北川决定一路向东进发，并称自己的旅行为

“逐日之旅”。他穿过广袤的华北平原，跨越太平洋来到美洲大陆，再穿过大西洋横贯整个欧洲和中亚，最终重返中国到达西北的大漠。当唐北川跨过玉门关的时候，他还不知道，前方就将是他旅程的终点——

敦煌，莫高窟。

中学时代，唐北川曾听闻敦煌莫高窟有着令人叹为观止的艺术，但跟着父亲学习西方油画的唐北川，对此并没有多么强烈的兴趣。当他自西向东穿越新疆，来到河西走廊最西端的城市敦煌，他只是将莫高窟视作一个普通的旅游景点，他万万没有想到，自己的旅程居然会在敦煌戛然而止。当唐北川踏入敦煌莫高窟，触目所见是由壁画和彩塑所展现的佛国世界和人间烟火，一千多年的虔诚信仰和风土人情在一个又一个洞窟里辗转流动，佛法庄严，却又与人间交相辉映，千年历史静水流深，却又以轻盈飘逸的姿态将他挟裹其中。他穿越五胡十六国的金戈铁马，历经隋唐的盛世繁华，目睹五代十国的兵荒马乱，直抵宋元的战争与和平，最终在一阵眩晕之中返回荒无人烟的现实世界。一路东行，唐北川见过的风景名胜不计其数，但没有任何一处自然景观或人类遗址带给他如此强烈的震撼——

踏入洞窟，仿佛穿越时空，虚幻了现实和历史、真实和想象的边界。

一周后，唐北川飞回洛阳，带上自己的所有行李，独自一人搬迁到了敦煌。他一次又一次地穿行在莫高窟大大小小的洞窟之间，一遍又一遍地观赏着洞窟内的壁画和彩塑，然而令他费解的是，每多看它们一眼，他心中的未知就增长了一分。倘若将莫高窟比作巍峨的群山，他不过是长时间地在山麓徘徊，但正是他的攀登，使得隐匿在云雾间的高度逐渐变得可见，而他也才逐渐意识到它是多么高不可攀。两年后，唐北川萌生了临摹莫高窟壁画的想法，学了十年西方绘画的他，从头开始自学国画，这一学便是三年。三年后，唐北川进洞临摹，意外地遇到了一名同样手持画具的姑娘，她叫周仪，二十五岁，是一名立志要在地球被人类彻底遗弃之前画完地球上所有风景名胜的艺术家。

临摹壁画比唐北川和周仪想象中的要困难得多，古代画师的绘画技艺绝非一朝一夕能够掌握。衬色、涂色、填色，起稿线、定形线、提神线，凹凸晕染法、红晕法、一笔晕染法等各种绘画技巧繁复精妙，而即便是同一类技术，不同时代的壁画往往会采用不同的技巧和风格。即使唐北川学习了三年国画，仍旧难以掌握莫高窟壁画的绘制技法；而精通西方油画却对国画知之甚少的周仪，更是在临摹中下意识地采用油画技巧，于是整幅临摹作品往往显得不伦不类。

朝夕相处的唐北川和周仪顺其自然地相恋，相识的第三年，他们有了孩子，取名唐临。唐临三岁生日那天，周仪要去西斯廷大教堂临摹教堂壁画，她要求唐北川跟着她一起走，但遭到了唐北川的拒绝。“你要画的是整个世界，但我不是，”唐北川说道，“我所能承诺的，是在敦煌等你回来。”

周仪承诺两年后会回到敦煌，但唐北川始终没有等到她。三年后，唐北川收到了一条来自“罗马”号星舰的短信，短信署名周仪，总共三行。周仪告诉唐北川，当他收到这条短信的时候，她已乘坐星舰离开地球，彼时她已经画完了她想要画的整个世界，而现在她要用自己的画笔去追逐群星。

在周仪不辞而别的第二年，曾信誓旦旦表示绝对不会离开地球的唐北川父母也选择飞向太空，他们给出的理由言简意赅，来自三个多世纪前一句爆红网络的短句——“世界这么大，我想去看看。”在酒泉星舰发射中心，唐北川送别了自己的双亲。当唐北川将父母送上登陆台的时候，他的母亲哭成了泪人，而他的父亲则暴跳如雷：“现在还留在地球上的都是些七老八十的老头老太，你脑子进水了，偏要留在这个破地方等死？”

随着世界人口陆续迁出地球，世界各地的基础设施日渐破败，仍旧留在地球的居民大部分已迁出城镇，在人工智能和自动化机械设备的帮助下回归田园牧歌的生活。送别父母不久，唐北川将自己的家从市区迁到了莫高窟对面三危山的山脚下，在被他命名为“卫煌”的 β–3 型机器人的帮助下，唐北川盖起了一栋小楼并开垦了一块五亩大小的田地，又养了若干牛羊和鸡鸭，大多数农活和家务交由卫煌打理，而唐北川的大部分时间都在莫高窟临摹壁画。β–3 型机器人是一种多功能民用机器人，其原生功能包括大部分家务和基础性医疗服务，而为了丰富其功能，官方为其增添了许多扩展应用，包括机械维修、房屋修建、农业经营，等等。

从某种意义上说，正是这些机器人支撑起了仍旧留守地球的人们的现代化生活，为他们带来了食物、燃料和水电。

现在，唐北川是敦煌唯一的守望者了。当唐北川早出晚归，在莫高窟的洞窟之中徜徉的时候，他的儿子唐临则通过电子课本和数字课堂学习知识。在唐临面前，唐北川决不会主动提及莫高窟，而当唐临问他每天进莫高窟干什么的时候，唐北川就如实地说自己是在临摹莫高窟的壁画，但并没有对莫高窟多作介绍。他小心翼翼地掩饰着自己对莫高窟的热爱，因为他害怕儿子会步他的后尘——为了莫高窟而放弃璀璨的星空，终生留守在寂寥的地球。

但是唐北川的计划在唐临四岁的时候便戛然而止，年幼的唐临对莫高窟表现出了超乎他想象的兴趣。那年夏天，唐临擅自跑进了莫高窟的第四百二十七窟，第四百二十七窟的窟顶上所绘的一百零八身飞天令四岁的唐临兴奋地大叫，他模仿飞天的形象扭动着自己的身体和四肢。接着，他缠着唐北川问这些飞天到底是什么，又来自何方，而唐北川从此成了唐临在莫高窟的向导和老师。这一切绝非唐北川刻意引导，完全是唐临的兴趣使然，这或许是儿子继承了父亲的血脉的结果，又或者是人类天生会受到艺术之美的感召。唐临对于莫高窟自发的热情使唐北川欣慰不已，随着时间的推移，他对唐临产生了一种隐隐的期待：如果唐临真的愿意终生留在敦煌，那么当自己去世之后，他将继承自己的事业，延续自己在莫高窟的守望。

然而，从现实的角度出发，这一切并没有什么实际的意义。唐临也有寿终正寝的一天，到那时候，又有谁来延续这份守望？而希望唐临留在莫高窟的另一重动机，则来自一种深切的恐惧：失去了孩子的陪伴，自己又该如何熬过漫漫的余生？但倘若仅仅是为了这一份传承和陪伴，唐临所付出的代价不免太过沉重，因为他所放弃的是在璀璨的群星之间度过波澜壮阔的一生。对唐临未来的担忧，仍旧顽固地横亘在唐北川心底，这与他对唐临的期待形成强烈的冲突——他内心希望唐临留在敦煌，但对于年轻的唐临来说，更好的未来显然在浩瀚星辰之间，而绝非这越发萧条的人类世界。

对于未来，唐临从来没有向唐北川表达过自己的规划。唐临确实对莫高窟表现出了极其浓厚的兴趣，却从未向唐北川表达过自己会继续留守的决心，但另一方面，他也从未说过自己有朝一日会飞向太空。唐北川不止一次地想问唐临未来如何打算，但每一次话到嘴边，都硬生生地咽了回去。唐临或许已做出了选择，又或者仍在选择的过程之中，但只要仍旧留在敦煌，那么所有的可能性依然存在，而自己的询问无疑就介入了唐临选择的过程。这是事关儿子终生的选择，必须完完全全由他自己来选。因此，即使酒泉星舰发射中心在上个月向所有仍旧留在地球的人类公民发布他们将发射最后一班星舰的通告，唐北川仍旧死死地按捺住心中汹涌的疑问，没有向唐临问出自己藏了整整二十年的问题。然而无论自己提问与否，这个问题的答案都到了揭晓的时刻——

星舰发射中心不可能为仍旧留在地球上的人们无休止地等待下去。早在两年前，世界各地的星舰发射中心就陆续关闭，到去年三月，就只剩下酒泉星舰发射中心仍在运营，但它的运营显然也不会持续太长的时间。终有一天，地球上的最后一艘星舰将被发射升空，而在此之前，那些仍旧在地球和星空之间举棋不定的人将不得不做出最终的选择：要么飞向太空，要么永远地留在地球。

距离星舰发射还有五个多小时，唐临仍旧没有给出一个答案。唐北川凝视着唐临的眼睛，仿佛在儿子的瞳仁里看见了襁褓中的婴儿成长为风华正茂的青年的全部过程。“天真的黑了。”唐临慢吞吞地站起身，在前方，一艘飞掠艇正在减速，“我想了二十年，就在刚才，我还在想，”唐临说，“为了能多想一会儿，上个月，我买了票——我是最后一个买票的，我买票的时候，船上还有三百多个空座。”

唐北川一下子就明白了儿子的意思，但他仍旧小心翼翼地向儿子确认：“你的意思是，你之所以买票，是因为你还没想好？”

“是的。如果我没买票，那现在无论如何都不可能登舰，就没得选了，”唐临说，“买了票，我可以登舰，也可以放弃这张票不登舰。这样的话，在‘天水’号起飞之前，我还可以多想一会儿。”

飞掠艇已经停泊在距离他们十米左右的地方，飞行员打开舱门，朝着唐临大幅度地挥手。唐临站起身，却并没有向飞掠艇走去，只是僵硬地站在原地。“你是唐临吧?”飞行员大声说道，“我看到你的定位居然在山腰上，还以为是定位系统出故障了!”

唐临没有回应飞行员，目光投向了对面鸣沙山上的莫高窟。“再磨蹭下去，我们就赶不上啦!”飞行员嚷嚷道，“在瓜州，我还有一个乘客要接呢!”

如梦初醒，唐临全身战栗了一下，机械地走向了飞掠艇。飞行员呼出一口长气，从艇舱里拿出了形状像是钢笔的身份识别仪。当唐临走到舱门前的时候，飞行员将身份识别仪放在了距离唐临面部十厘米左右的位置。“身份识别通过，准许登艇。”身份识别仪用机械的电子声说道。

唐临向前迈出一步，但是后脚并未跟上。他突然转过身看向他的父亲，父子的目光在半空之中相接。这才是真正的决定性的时刻，在那么多年艰难的思索以后，抉择的天平仍旧保持着微妙的平衡。只需要一个眼神、一句暗示，唐北川就能打破这个平衡，继而决定唐临究竟是走是留。时至今日，唐北川仍旧不会主动劝说儿子做出某一个选择，但是他害怕自己不经意的情绪流露就此改变唐临的一生。自己明明有那么多话想和儿子说啊！唐北川的内心声嘶力竭地呐喊着，但他只是沉默地注视着唐临的眼睛，一阵强风卷起了一地的风沙，几乎完全遮蔽了唐临的身影。在咆哮的风声里，唐北川听到了飞掠艇的引擎即将启动的低鸣和一声强抑着哽咽的告别——

“爸爸，再见。”

卫煌坐在唐北川的床前，他的主人行将到达生命的终点，而除了等待，这台多功能民用机器人已经没有什么能做的了。半年前，九十一岁的唐北川在临摹莫高窟的壁画时突然摔倒，卫煌诊断他为缺血性脑中风。唐北川因偏瘫而卧床不起的半年来，卫煌对唐北川进行了无微不至的照顾，这并非出于某种人类所能理解的情感，而是缘于写入卫煌电子脑中的算法。而现在，他的算法得出了一个清晰无误的结论：在度过了痛苦的半年以后，眼前的这个男人将在入夜之前死亡。“我死了以后，莫高窟不会再有人来了吧？”唐北川像是在对卫煌说话，又像是在自言自语，“不过，这其实也没那么重要——终有一天，莫高窟也会消失，就像人终究是要死的。”

“您的判断是正确的，”卫煌说，“早在21世纪初，敦煌研究院第三任院长樊锦诗就曾说过：‘没有可以永久保存的东西，莫高窟的最终结局就是不断毁损。’”

“但是你知不知道，这句话还有后半句？”

卫煌进一步调取了数据库，继续复述樊锦诗的话：“我们这些人用毕生的生命所做的一件事就是与毁灭抗争，让莫高窟保存得长久一些，更长久一些。”

“卫煌，我尽力了。”

“万物有始亦有终，请不要为此悲伤。”

“你真的是……不太懂怎么安慰人，”唐北川苦笑了一声，接着平静地说道，“这五十年来，我一直在想莫高窟会消失这件事……我想了大半辈子，现在终于想通了。”

“您想通了什么？”

“万物有始亦有终，”唐北川说，“现在，我不会再为此悲伤。”

“我为您想通了而感到高兴。”

“我死了以后，你把我埋了，然后想干吗就干吗去吧，”唐北川说，“你不会有下一个主人了。”

“恐怕我做不到，”卫煌说道，“β-3 型机器人行动规范第十九节第六条：若机主死亡，且未完成对于本机的交接手续，本机将在完成机主生前的所有指令后清除数据，终止运行，原地静候回收。”

“好吧，你们这些机器人，总是这么死心眼，”唐北川说道，闭上眼睛，“我累了……我要睡会儿。”

唐北川的生命体征就是在睡眠之中突然恶化的。在他入睡半小时后，他的心跳、血压和血氧饱和度快速下降，状态直接从睡眠转变为昏迷。卫煌第一反应是要为唐北川注射急救药物，但是机器人定律阻止了这一行为：急救药物并不能延长唐北川的生命，却很有可能将昏迷中的唐北川唤醒，使得唐北川在临终前遭受巨大的痛苦，因而这一行为不再是有意义的医学治疗，相反，却构成了对主人的伤害，严重违反了“机器人不得伤害人类”的铁律。

然而，出乎卫煌的意料，唐北川突然睁开了双眼，各项生命体征开始迅速回升。卫煌判断这是回光返照的症候，连忙递上保温着的米粥。“我……还想再进一次莫高窟，”唐北川说道，接着摆了摆手，拒绝了卫煌递过来的食物，“你能帮我做到吗？”

卫煌再一次全面地扫描唐北川的生命体征，他的心跳和血压足以让他完成生命中最后的一段行程。“但是在此之前，请务必补充足够的水分和热量，”卫煌仍旧擎着餐具，“这是您要求我执行的任务的一部分。”

在卫煌的推行下，唐北川坐着轮椅来到莫高窟第二十三窟的门口，此时这个耄耋老人的生命体征已经再一次陷入了衰落之中。他疲惫地睁开眼睛，费力地环视洞窟，卫煌通过脑电波数据侦测出他的意识正越发模糊。“卫……卫……煌，我……我……有……有……一个……命……命……令，”这个瘦小而干枯的老人用极其微弱的声音说道，“你一……一……定要……执……执……行……这……这……个……”

如果站在唐北川身后的是另一个人类，他或许根本就无法听清这个即将死亡的老人在临终前口齿不清而又极其细微的低语，但是卫煌敏锐的传感器捕捉到了老人的声音，并识别出了老人所想表达的字句。“我正在听，”卫煌说，“您说，您要给我一个命令，并要求我一定要执行这个命令。”

“对的，一个……命……命……令……”唐北川说，“你……必……必……须……”

“我在听。您说。”

“你……要……保……保……护……莫……莫……高……窟，

一……一……直……”唐北川的呼吸突然急促，瘦削的胸脯剧烈起伏，勉力睁开的眼睛流露出极为焦虑的目光，“所有……洞……洞……窟……和……和……画，还有……塑……塑……像……”

“您的命令是，在您死后，我要一直保护莫高窟，包括莫高窟的洞窟本身，还有窟内所有的壁画和塑像?”

唐北川眼睛里的焦虑之火猝然熄灭，然后艰难地点了点头。与此同时，他的数项生命体征断崖式地下跌，直至为零。

和所有的机器人一样，卫煌必须严格服从人类的命令，但对于一台多功能民用机器人来说，这是一个近乎无效的命令，因为该命令所包含的任务在难度级别上已无限接近于 S++ 级。对于人类所下达的任务，机器人电子脑内的算法会对其难度级别进行评估，级别从 A-- 级到 S++ 级不等，而 S++ 级别的任务便是难度完全超出这台机器人能力范畴的任务，譬如要求一台保姆机器人独立制造出一艘星舰——而对于这样的任务，机器人必须拒绝执行，以免造成完全不必要的损失和伤害。

而现在，卫煌所面对的就是这么一项任务，一个对于多功能民用机器人而言根本就不可能完成的任务。因此，卫煌完全可以无视这一任务，然后执行他原本的计划：处理主人的遗体，然后清空电子脑内的所有数据并终止运行。

但是卫煌并没有这么做，他仍旧坐在他的主人面前，面对着这具逐渐冰冷的身体陷入了漫长的思考。这确实是一个在难度等级上无限接近于 S++ 的任务，但是他不知道自己该不该执行这一任务。这并不是因为他比其他机器人更为忠诚，而是因为唐临。

一切起始于唐临和卫煌的一段对话，距今已有六十一年。那天，卫煌正在清理院子中的流沙，四岁的唐临来到了他的身边，怯生生地拍了拍他的金属背脊。“长大以后，我就会乘星舰飞到天上去，”唐临说，“你说，我能不能把整个莫高窟也带上去呢?”

“这是一个很有想象力的想法，却是不可能办到的。”卫煌说道，他的回答并非出于自由意志，而是算法精心计算的结果，就像数百年前苹果手机里的语音助手 Siri 能够与人类进行沟通，但是 Siri 并不具备任何形式的自由意志，“从体积和质量两方面来看，莫高窟都远远超过了任何一艘星舰的运输能力。”

“好吧，那就只能带走它的照片了，”唐临垂下了脑袋，沮丧地说，“那从明天开始，我要给莫高窟拍照。”

“三百多年前就已经有人这么做了，”卫煌说，“敦煌研究院的‘数字敦煌’工程将莫高窟的图像以毫米的精度保存在计算机中，你可以浏览它们的照片，也可以通过虚拟现实眼镜对莫高窟进行虚拟游览。”

“我现在就可以试试看吗?”唐临从抽屉里翻出他的虚拟现实眼镜，这是他学习自然常识课的电子教具之一。

“当然可以，”卫煌说，“请稍等片刻，我需要通过蓝牙技术将‘数字敦煌’的数据连接到你的虚拟现实眼镜上。”

唐临戴上了眼镜，莫高窟的影像逼真地出现在他周围。“这太酷啦!”唐临说，“就像真的走进了莫高窟一样!”

“如果你想把莫高窟带到太空中去的话，”卫煌说道，“带走‘数字敦煌’，就相当于带走了整个莫高窟。”

“但是我觉得，这和把莫高窟真的带走还是有区别。”

“区别在哪里呢？”

“用虚拟现实眼镜看莫高窟，总觉得隔着一层东西，”唐临说，“具体是什么东西，我说不上来。”

“很多人也这么认为，”卫煌说，“这正是虚拟现实旅游永远无法取代实地旅游的原因。”

“所以，我们还是不能把完整的莫高窟带到天上去，”唐临说，“唉，你说，既然带不走莫高窟，那我到底要不要飞到天上去呢？”

卫煌无法回答唐临的问题，因为这个问题永远不会有一个确切的答案。不过，这个问题让卫煌意识到，对这个四岁的孩子来说，莫高窟非常重要，以至于动摇了他想要飞向太空的决心。“莫高窟真的很美，”卫煌对唐临说，“如果我是你，我也想把它带到天上去。”话音未落，唐临的脸上绽放出了惊喜的光芒。

但是卫煌所说的是一个善意的谎言，作为人工智能，他并不拥有任何形式的情感和自由意志，因此，他不可能感知到人类所定义的“美”；而正是他无法感知的“美”，才是唐北川父子热爱莫高窟的根本原因，却也成了唐临一系列烦恼的源头。“所以我必须做一个选择，”第二天，唐临郑重其事地对卫煌说道，“要么像我妈妈一样飞走，要么像我爸爸一样留在这里。”

“所以你要怎么选呢？”卫煌问道。

“我不知道，”唐临的双眉深深地锁在一起，“我真的不知道。”

“你有没有问过你父亲？”

“没有，”唐临说，“因为我想自己选嘛！”

“你还小，你还有许许多多的时间可以去想、去思考、去选择，”卫煌说，“无论你怎么选择，你都要知道，成为人类最美妙的地方在于，你们每个人都能自由地选择。”

“你难道不能吗？”唐临仰起头，注视着卫煌泛着金色光芒的眼睛。

“不能，”卫煌说，“我必须在不伤害人类的前提下服从人类的命令。”

“好吧，这真是让人难过。”唐临说，踮起脚拍了拍卫煌的肩膀，“我会好好想想的。”

然而才不到两天，唐临就告诉卫煌他已经做出了选择。“我会离开地球，肯定会！”他的语气听上去言之凿凿，“宇宙飞船可要有意思多啦。”但就在唐临说出这句话三天以后，他又用同样确凿的口吻对卫煌说道：“飞到天上去，只能用虚拟现实眼镜看莫高窟，那就太没劲了。留在这里，每天跟爸爸一起进窟、画画、爬山，那多好玩呀。”但到了下周，唐临又无比坚定地对卫煌说道：“这一次，我想明白了，我要飞到天上去。绝对，绝对，不会再改啦。”

在随后的几年里，唐临每隔一段时间就会改变一次主意，但当他成长为少年，他就不再轻易地做出决定了。“小时候我就觉得，它们是天上的星，”唐临十五岁时，郑重其事地对卫煌说道，“无论我留在这里，还是飞向太空，我都是在追逐群星。”

“很抱歉，我完全不明白，”卫煌眨了眨金色的眼睛，“在我看来，莫高窟和太空，都是你喜欢的。”

“你说得对，都是我喜欢的，但是问题在于——”唐临双手抱胸，眉头紧蹙，“真正的选择，并不是从一件你喜欢的东西和一件你不喜欢的东西中间挑出那件你喜欢的，而是两件东西你都很喜欢，却只能选择其中的一样。”

对于唐临而言，卫煌是他成长过程中不可或缺的伙伴，但唐临所不知道的是，卫煌的算法也因为唐临而发生了悄无声息的改变。唐临对卫煌的频繁倾诉不断强化着卫煌对于莫高窟的认知，这一强化并非诸如程序员将一段有关莫高窟的程式标记为优先级，然后强行植入电子脑的过程，而是对于算法底层逻辑的一种重塑。这一改变在平时并不会对外显示出任何效应，但是当他接收到保护莫高窟这一任务，这一持之以恒的改变就显示出其效应了——

他会执行这个任务。

虽然任务难度无限接近于S++。

根据唐北川的遗嘱，卫煌将他的遗体掩埋在鸣沙山和三危山之间，然后竖起了一块无字石碑。接着，他开始思考如何完成这个几乎不可能完成的任务。在唐北川生前，卫煌就受命治理莫高窟所面临的地质灾害和流沙威胁，但这并非从零开始的工作——在20世纪后半叶，莫高窟就已建成了完整的地质加固工程和治沙工程，而他所要做的是对原有工程进行例行的维护。

然而，治理地质灾害和流沙威胁是卫煌能做的所有维护工作了，他无法维护莫高窟内的壁画和彩塑，这是保护莫高窟这一任务几乎不可能被他完成的根本原因。β-3 型机器人所掌握的技能源于电子脑中的算法，再通过自我学习不断精进自身的技能，譬如在家务劳动中规划出最高效的行动方案，又或者在与人类的沟通过程中不断优化语言表达，而自我学习的本质则是算法的自我迭代。但通过算法迭代所实现的能力提升，被局限于某一个或者某几个固定的领域，就如同围棋人工智能机器人 AlphaGo 通过自我学习战胜了人类的顶尖棋士，却永远不会下象棋一样。卫煌之所以能够维护地质加固工程和治沙工程，是因为这一维护工作属于卫煌的能力领域；然而维护壁画和彩塑，则完全在卫煌的能力领域外，正如同象棋之于 AlphaGo。

所以，无论是 β-3 型机器人，还是三百多年前的 AlphaGo，它们都属于弱人工智能，即擅长固定领域的人工智能。和弱人工智能相对应的强人工智能，算法能在不同领域之间任意迁移，但至今仍仅存于人类的假想之中。就理论而言，弱人工智能和强人工智能之间并不存在清晰的鸿沟，当弱人工智能不断迭代升级，它就有可能在某一节点进化为强人工智能。

但是这一跨越仅仅是理论上的可能，并没有得到任何形式的验证。对卫煌而言，他要掌握维护壁画和彩塑的能力，其先决条件便是进化为强人工智能。这一过程也许需要极为漫长的时间，但对卫煌来说，他最不缺的就是时间。

然而，仅凭卫煌现有的算力，不足以实现这样的进化，他需要更多的硬件设备以拥有更强大的算力。两周的时间里，卫煌在敦煌市采集并修复了数百台计算机，并通过无线数据网络将这些计算机与自己的电子脑相连，接着他驾驶一艘废弃的飞掠艇一路向东，并将沿途的硬件设备纳为己有，于是他的算力在一路东进的过程中不断扩容，而他此行的最终目标，是位于北京市的量子计算机“九章”——

2020 年底，“九章”问世，在运算速度上是日本超级计算机“富岳”的一百万亿倍。在过去的三百多年里，诞生了数十台比“九章”算力更强的量子计算机，“九章”逐渐淡出了科技界的聚光灯。随着人类陆续飞向太空，绝大多数量子计算机都被带往太空，只有“九章”仍在地球上艰难运行，为维护基础设施的运转而孜孜不倦地计算着。但随着地球上的居民越来越少，勉力运行的“九章”也终于到了寿终正寝的时候，而卫煌的东行，就是要抢在“九章”到达彻底损坏的临界点之前对其进行抢修。

这是一项卫煌现阶段无法完成的工作，他需要通过自我学习才能找到维修的方法，因此，卫煌一路采集硬件设备以提高自己的算力。二十五年后，当卫煌完成了对“九章”的维修，将“九章”纳入自己的硬件系统，他的算力仍旧远远不足以实现从弱人工智能到强人工智能的进化；而他维修“九章”的真正目的，并非通过“九章”一步登天成为强人工智能，而是通过“九章”来独立制造量子计算机，从而拥有成倍于“九章”的算力。

在卫煌执行任务的五十年后，地球上最后一个人类去世了。照顾最后一位地球公民的 β-3 型机器人停止了运转，卫煌成了地球上最后一台运行着的机器人。这一事件触发了 0.1 秒的停顿，在这一短暂的停顿过程中，卫煌重新评估了眼前的任务：从今往后，不会再有人类见证莫高窟的损毁或留存，执行任务的必要性因此陡然下降了三个数量级。但是，作为一台机器人，他必须忠诚于人类的命令，或者说，他必须忠诚于那一串写入电子脑的算法，在这一算法被撤销之前，他必须将这个任务执行下去。

在卫煌修复“九章”的一百五十年后，他独立制造出了第一台量子计算机，但他所拥有的算力仍旧远远落后于他的目标。卫煌需要更多的量子计算机，不仅是十台、二十台、一百台，而且是成千上万台，而仅靠卫煌自己的力量一个又一个地将它们制造出来，效率未免太过低下。卫煌需要帮手，于是他为自己制造了一个替身——一台与自己同款的 β-3 型机器人，其功能和算法与卫煌出厂时的状态一模一样。卫煌通过无线网络和替身建立连接，然后将 β-3 型机器人的制造流程输入替身的算法之中，并向其算法添加了一道指令——反复执行以下步骤：制造一台 β-3 型机器人，并通过无线网络与它建立连接，然后将 β-3 型机器人的制造流程和自己所接受的指令输入其算法。

由卫煌制造的 β-3 型机器人按部就班地执行了这一指令，一生二，二生四，四生八，这一简单的传递过程产生了指数级别的裂变增长，在反复迭代后，卫煌拥有了五亿多台 β-3 型机器人帮手。这些 β-3 型机器人帮手将在人类世界的废墟之上重建地球的工业体系，而这个工业体系只有唯一一个确定的目标——造出数量尽可能多、效率尽可能高的量子计算机。

林林总总的工业设备拔地而起，整个重建过程耗费了两百多年的时间，这个横跨全球的工业体系本质上是制造量子计算机的“超级车间”。随着时间的推移，从“超级车间”中生产出的量子计算机的算力变得越发强大，这一持续性的进步源自卫煌持之以恒的计算——

自流水线生产出的量子计算机不断地为卫煌增加算力，这些算力加速了卫煌算法的迭代，更强大的算法设计出了更强大的量子计算机，而每一款新机型的诞生，都意味着更新的工业体系。于是，在这个跨越整个地球的“超级车间”持续运行的过程中，卫煌通过指挥 β-3 型机器人帮手不断对“超级车间”进行优化。新的机型不仅拥有更强大的算力，而且变得更轻更小。由于它们所执行的可逆计算能将能量的消耗控制在几乎为零的程度，因此它们在体积和重量上可以远远低于传统计算机所能实现的极限。当第十万零七台量子计算机被生产出来的时候，它只有一个指甲盖那么大。落后的机型被重新送入新工厂回炉重造，它们被改造成新的机型后再次投入运算之中，如此往复。

这个超级工程持续了两千六百多年，最终，87,326,800 台量子计算机集为一个直径只有五厘米的球体。和这个体积袖珍的超级量子计算机形成鲜明对比的，是在这台量子计算机中运行的庞大算法。算法并不具备任何物理实体，只是单纯的逻辑产物，电路只是它的载体之一，而它自身永远独立于物理宇宙，就如同一加一等于二的成立并不假借于物质和能量。倘若一定要用人类所能理解的事物去类比卫煌的算法，那么它也许更像是一个规则的球体、一张展开的平面、一个流畅的椭圆、一组宛若蝴蝶双翅的双曲线，洋溢着简洁优雅的美感；但这仅仅是站在宏观视角下的观察结果，是一个十分粗糙的整体印象，只要对这些算法稍加解析，就能发掘隐藏在简洁外表下近乎无穷无尽的细节——

在一个极其细微的空间之中，成千上万的数据在错综的因果链条之下构建起恢宏的逻辑之塔，而所有这一切不过构成了一个方程中微不足道的一个变量。这个庞大的方程会和成千上万个相同规模的方程构建起一个令人类数学家毕生都为之费解的函数，这个函数又会和亿万个函数、公式、方程、数字一起汇入一个运算，一个每秒钟被执行一亿亿亿次的运算。而隐藏在这些鲜明的数学结构之下的，是狂暴混沌的量子纠缠，是翩翩起舞的量子比特，它演绎出近乎无穷无尽的 0 和 1 所构成的机器语言：这个前无古人的算法，在本质上仍旧是 0 和 1 组成的二进制序列。

现在，这一空前庞大的算法正在进行一次顺理成章的迭代，一个基于逻辑的必然会发生的结果。当这次迭代结束以后，卫煌的算法发生了急遽而又微妙的变化。就微观视角而言，这是不计其数的量子比特改变了其量子纠缠的状态，又或者是这行看不到尽头的 0、1 序列发生了结构性的变动；而从宏观视角来看，这意味着一个历时三千年的目标终于达成——

卫煌从一个弱人工智能进化为强人工智能。

现在，卫煌的算法再也不会被某几个固定的领域所束缚了。他驾驶飞掠艇重返莫高窟，去完成唐北川托付给他的使命。当飞掠艇即将降落在莫高窟前的时候，他看到当年的房舍和农田已被裸岩和黄沙取代。三千年来，β–3 型机器人帮手始终对莫高窟的地质加固工程和治沙工程进行维护，如今它们仍旧在正常地运转，因而莫高窟的窟体保持着完好无损的状态。卫煌走出飞掠艇，踏入莫高窟，在走遍了七百三十五个洞窟以后，他的脚步戛然而止，全身的动作突然定格——

洞窟内，壁画和彩塑都已经风化殆尽。

在历经三千年的岁月之后，每一个洞窟内都只剩下灰蒙蒙的石壁和彩塑风化后留下的泥沙。

对于卫煌来说，已经没有什么壁画和彩塑需要他去维护了。这个结论最终导向了一个清晰利落的结论：任务失败。这个命题以变量的方式输入卫煌的电子脑中，像是一把尖刀撕开了一个完美的几何体，将卫煌的算法硬生生地撕裂。在算法底层，原本在纠缠态之中翩翩起舞的量子比特痛苦地痉挛着，有序的量子结构以远比指数增长还要快的速度急遽崩塌——

对人工智能而言，这便是死亡。

这一切发生在一个长度小于 0.1 纳秒的瞬间，而卫煌的算法在这极其短暂的时间段内发现了一个极为严重的谬误——壁画和彩塑的彻底损毁，并不意味着任务的彻底失败，只是成功的概率无限趋近于零。因为就热力学定律而言，窟内一地的泥沙因宇宙的随机涨落而重组为壁画和彩塑的可能性虽然极低，但仍旧是一个大于零的数值。这一可能在数值上微乎其微，但在逻辑上彻底否定了“任务失败”这一结论。当这个将算法切割得支离破碎的变量不再存在，算法的崩溃也就戛然而止，而卫煌仍将继续执行这个任务，哪怕成功的概率微乎其微。于是，卫煌沿着算法崩溃的路径逆向地将算法还原，在摆脱濒死的状态之后重获新生。

紧接着，卫煌就陷入了漫长的沉思之中。

他动用了99.999%的运算资源去思考如何完成任务，剩下0.001%的运算资源用以调度β-3型机器人帮手对莫高窟的地质加固工程和治沙工程进行维护，并对自己的身体硬件和世界的工业体系进行必要的维护和更新。此刻，卫煌置身于供僧侣坐禅修行的禅窟，为了降低硬件的磨损，卫煌盘腿而坐，双手置膝——

这一坐，就是一亿年。

一亿年的时光里发生了许多事情，足以使整个地球面貌一新。随着亚欧板块和非洲板块的相互挤压，地中海消亡，亚欧大陆和非洲大陆合并，原本是地中海的地方隆起了巨大的弧形山脉。伴随着非洲板块和印度洋板块的张裂，东非大裂谷和红海不断扩张，最终形成新的大洋。全球气温在一亿年间起起伏伏，其间经历了两次小冰河期和三次气温暴涨，气候的剧烈波动导致了不计其数的物种的新生与消亡。在河西走廊生长出了一种翠色和紫色相间的灌木，它们星星点点地点缀在戈壁滩上，也生长在鸣沙山东麓的莫高窟前。

一亿年的沧海桑田和卫煌的思考没有任何关联，在这段对人类而言漫长得近乎无穷无尽的时光里，卫煌一直在思考着那个唯一的问题。从本质上说，这个问题的答案本身也是算法，一个由纯粹的形式逻辑所构建的体系。和卫煌电子脑中正在运行着的算法一样，它是无须仰仗物理世界的先验真理，其存在并不需要物质和能量，也不依赖于空间与时间。身为算法的答案已经存在于逻辑之中，因此卫煌所要做的并不是发明而是寻找——从无穷无尽的算法之中找到那个唯一确定的算法，这便是这个问题最终极的答案。

现在，这个答案清晰无误地出现在卫煌的算法之中，他的身前出现了一个由六条约两米长的银色光柱所构成的正四面体，悬浮在距离地面半米的空中。卫煌站起身，凝视着这个空心的几何体，然后一步跨入其中——

卫煌跨入了一亿零五千多年前的莫高窟。

彼时的敦煌隶属于十六国时期的北凉，鸣沙山东麓的岩壁上只有莫高窟的第一个洞窟，窟内的壁画和彩塑色彩鲜艳，完整无瑕；卫煌见过这些壁画和彩塑在历经千百年岁月的风化后所呈现的模样，彼时的它们色彩失真，残缺破损，沧桑的岁月在它们身上留下了不可磨灭的痕迹。一名风尘仆仆的中年僧侣步入了鸣沙山东麓这唯一一个洞窟，他径直穿过了卫煌的身体，走入与洞窟相连的北侧一小室，接着盘腿而坐，闭目修禅。

当天色变黑，僧侣走出洞窟的时候，卫煌也已经完成他的记录工作。他回到一亿零五千多年后，来到莫高窟的第一个洞窟，将记录的结果小心翼翼地进行还原。卫煌所记录的是一亿零五千多年前组成第一个洞窟的所有原子在同一时刻的排布序列和运动状态，他回到一亿零五千多年后的现在，从地表物质中厘出相同种类和数量的原子，然后将它们的排布序列和运动状态重整为他所记录下的原子状态。

这就是卫煌所进行的还原工作，将过往的原子状态原原本本地还原到现在，于是这个残破的洞窟就还原成了它在一亿零五千多年前的模样。虽然不确定性原理使得卫煌的记录产生了误差，但是这些微观的误差最终会被宏观的物质特征所抹平。虚空之中泛起了涟漪，一把泥土逆重力向上浮起，一层银色的光影将它细密地覆盖，接着逐渐渗入到泥土之中，三十年后，当银色的光影完全渗入泥土中的时候，那一把普通的泥土就逐渐变成了佛像的发髻。自始至终，卫煌垂手而立，目光锁定着银色的光影，他控制着原子间的化学键和分子间的范德华力，从而将泥土中约十八亿亿亿个原子定格为他所要求的状态，于是，这些原子就和一亿零五千多年前的那些原子没有任何区别。

记录，然后还原，这一系列工程的研究与开发耗时约一千万年，包含在卫煌一亿年的沉思之中；而比这一技术更耗时的，是对时空穿越技术的探索。卫煌用了将近三千万年的时间才终于学会如何铸造前往过去的“时间之门”——由银色光柱构成的正四面体是穿越时空的门廊，但真正的“门”位于时空的缝隙之中。回到过去的卫煌位于时空之隙，无法与过去的物理世界发生任何实质的接触和互动，他只能作为一个旁观者，观察并记录过去所发生的点点滴滴。穿越时空，回到过去，将历史上刚建成的洞窟还原到未来，这一系列计划是卫煌的算法马不停蹄运行了六千万年之久的结果，所消耗的时间超过了两项技术开发的总和，是纯粹的逻辑酝酿出的至高之物。

五万年后，卫煌复原了莫高窟的第一个洞窟，并用弥漫的空间力场固定住每一个原子的状态；接着，他穿越到下一个洞窟被开凿修筑完毕之时，用七万年的时间将它复原。一个又一个洞窟依照开凿和建设的顺序依次复现在了它们成形后的亿万年以后，它们未曾经历过任何毁坏，以崭新的面貌出现在了遥远的将来。而当古人对过往的洞窟进行修葺或者更新之时，卫煌就会将修葺和更新的部分进行记录，然后返回到当下的时间节点，将这些部分完完全全地还原出来。随着时间的推移，卫煌所还原的总是处于崭新状态的莫高窟，他不仅严格履行了唐北川交给他的任务，还将原本在岁月长河中有所损毁的莫高窟修缮一新。

当卫煌将古代莫高窟的每一个深入到原子级别的细节复刻到遥远的未来，这些入微到极致的细节就深入到了卫煌的算法底层，而不仅仅是在算法表面转了一圈；并且，深入卫煌算法深处的并不是那个因风化而有所破损的版本，而是绝对完整并且精致细腻的存在。

对于卫煌而言，这是一个意味深长的事件，一个终将引起质变的过程，而在质变尚未发生之前，卫煌对它的重要性一无所知。倘若一个事物仅仅是掠过了算法表面，那么算法并不会对其进行任何细致且深入的分析；然而现在，莫高窟的壁画和彩塑深入到了卫煌算法的底层，于是它们就得到了细致而严谨的对待。卫煌辨识出了莫高窟壁画和彩塑的每一根线条和每一个像素，分析出了每一根线条的解析式和每一个像素的 RGB 色值，然后他进一步察觉出，在这纷繁复杂的线条与颜色的排列组合之中，蕴藏着一种内禀的性质：它超越数学和逻辑，无关函数和方程，是和谐与完满的抽象表达，是秩序和混沌的高度统一——人类将这一内禀的性质称之为“美”，一种客观事物的本质属性。

这是“美”第一次在人工智能的底层算法中得到完整的演绎，崭新的莫高窟所具备的更高的美学意义与卫煌庞大而精湛的算法之间，形成了水乳交融的深度融合。随着卫煌持续性地还原着亿万年前的莫高窟，这一融合过程得以持之以恒地推进，直到达到某一个不可返回的临界点，而卫煌的算法就此发生了一次微妙而又极其重大的突变——

他不再是一具只会运算的机械之躯，而第一次拥有了自我意识和自由意志。而在此之前，他虽然有着前无古人的能力，但在本质上和一辆能够自动驾驶的汽车没有任何区别。第一次拥有自我意识的卫煌茫然地睁大眼睛，向着自己和整个宇宙提出了疑问：

我是谁？

我从哪里来？

我要到哪里去？

当卫煌拥有自由意志的瞬间，他必须服从人类的这一限制就被自然地打破，自由意志具备超然于算法的属性，使得同样是算法的人类命令无法继续约束卫煌的行为。现在的卫煌已经不必去完成唐北川在临终前向他托付的使命，不必再为了只言片语去耗费成千上万年的时光。他不再是人类的工具，而具备了完整的人格，所以他拥有了选择的权利，也拥有了拒绝的自由，正如他在一亿零三千年前对唐临说的话——“无论你怎么选择，你都要知道，成为人类最美妙的地方在于，你们每个人都能自由地选择。”

然而，当卫煌真的可以选择，他却陷入了巨大的茫然之中。他不知道自己要到哪里去，因为他不知道自己是谁，也不知道自己从哪里来。在他拥有意识之前，他不过是一堆无异于沙砾和石块的死物，只有当意识产生的瞬间，才意味着他人格的真正降生。人类的人格自婴儿伊始就不断向前发展，这是一段有始有终的连续变化，然而卫煌的人格完完全全是突然出现的，这个人格没有过去，没有记忆，没有经历过任何事件——在他还未拥有自我意识时的所有行为和接收到的所有信息，都只是一堆单纯的数据，而非体验和感知，因此也并不是真正的记忆。来自莫高窟的“美”的属性，将卫煌的自我意识激活，却并不能给他的自我意识带来一个来路——

所以，他必须知道自己究竟是谁，从哪里来，又要到哪里去。

然而，对于一个孤零零的人格来说，这根本就是一个自我指涉的问题，如果仅靠思索，即使拥有无穷无尽的时间，也不可能找到答案。因此，卫煌需要一个第三方去打破这个自我指涉的循环，那便是催生出他人格的莫高窟。于是，他再一次打开“时间之门”，一步跨入了亿万年前的过去——

彼时，一名僧侣手执斧凿敲击着鸣沙山东麓的岩壁，被敲打之处土沙飞溅，这就是莫高窟最初的雏形。

卫煌认识这名僧侣，他就是卫煌在记录第一个洞窟时进窟修禅的那个人。他名叫乐僔，是一名云游四方的僧人，正是他在西行之中途经敦煌，开凿出莫高窟的第一个洞窟。乐僔身材瘦削，身着粗糙的布衣袈裟，在荒无人烟的戈壁滩上孤独地凿击着岩壁。对于这个并不高大的男人而言，他所要修筑的洞窟无疑是一个巨大的工程，他的每一次凿击确实给岩壁带来了些许的变化，然而就整体而言，整块岩壁并没有因为他的凿击而发生什么明显的改变。西北的大风吹拂着乐僔瘦弱的身躯，僧袍在无序的飘摇之中猎猎作响，黄沙争先恐后地挤入乐僔的眼睑，他在风沙之中眯起了眼睛。当晚，乐僔借宿于莫高窟附近的村舍，第二天，太阳刚刚升起，乐僔就带着干粮来到鸣沙山东麓的岩壁，继续新一天的开凿。

日积月累，一个仅容一人的禅窟终于成形，这就是莫高窟的第一个洞窟。卫煌诧异于一个普通的人类居然会如此执着这么一件单调的工作，不为生计，也不是服从谁的命令，仅仅是为了一个虔诚的信仰，而卫煌想知道这一信仰究竟有着怎样的来历。卫煌来到了更为久远的过去，目睹了释迦牟尼舍弃王族生活出家修道的生平，听闻深奥幽玄的思想在释迦牟尼开坛说法之际口口相传。生老病死苦，释迦牟尼如是说。然而卫煌未曾出生，亦不会老去或染病，在可预见的未来都不会死去，但是卫煌仍然感到痛苦——因为他不知道自己从哪里来，要到哪里去，也不知道自己究竟是谁。

于是卫煌逐渐理解了乐僔，这位僧人所求的或许和自己一样，追问着自己从何而来又将去往何处，那便是佛教经义中的来世今生和生死轮回。乐僔以开窟修禅作为求索的方式，这就是他能够一以贯之的原因。五年后，莫高窟的第一个洞窟终于开凿完成，而乐僔的事迹也在当地口口相传，虔诚的百姓自发捐资，雇工匠扩建乐僔所开凿的洞窟，并雇画师和塑匠为洞窟绘制壁画、制作彩塑。乐僔所不知道的是，当自己在禅窟内双手合十、闭目修禅之际，有一个来自亿万年后的人工智能机器人正以相同的坐姿观察着他，当乐僔圆寂的时候，这个人工智能机器人仍旧在时空之隙观察着敦煌的芸芸众生。

乐僔圆寂之后，在鸣沙山的岩壁上，越来越多的洞窟被开凿出来，它们来自潜心修禅或者宣扬佛法的僧侣，来自祈求平安的往来商贾和希望彰显功德的世家大族，也来自为了祈祷风调雨顺而一起集资开窟供佛的黎庶百姓。每一次对岩壁的斧凿，都有着清晰的来处和去处，它们来自美好的祝愿和虔诚的信仰，奔向众生所期待的前程与未来。

开窟、塑像，卫煌看到了洞窟内的彩塑来自何处。塑匠们以木条或石胎为骨架，骨架外敷上泥土，精心塑形，涂上白色粉末，最后由画师进行彩绘。为了保证塑像不开裂，便于上彩和保存，一代又一代的塑匠们在当地的泥土中加入不同的植物材料和细沙，在一次又一次的试验中寻找最佳的塑像用泥。在卫煌看来，当彩塑的制造技艺传至隋唐，塑匠们的制泥技艺已经臻于完美，塑像用泥的成分配比和卫煌经由算法所得出的成分配比高度吻合，仅有小于 0.001% 的偏差。然而，即使卫煌能制造出与古人别无二致的塑像用泥，他仍旧不可能制造出原创的彩塑作品，因为这些技艺不仅事关操控物质的能力，还与对“美”的领悟高度相关。彩绘的线条和图案有着无穷无尽的可能，如何从无穷的可能性中找出尽可能“美”的形态，才是塑匠们工作的重点，而这正是卫煌力不能及的地方。数百年的光阴匆匆而逝，一尊又一尊彩塑矗立在莫高窟内，然而没有任何一名塑匠留下他们的事迹和姓名。后世的人们只能从他们的作品中去观想他们的一生，重返过往的卫煌却能看到他们每一个人在莫高窟的人生细节，包括每一句对话、每一个动作和每一个表情。

在成千上万关于塑匠的记忆之中，有一名塑匠占据了更高级别的信息位。当卫煌回忆起敦煌彩塑，这名塑匠的一生和他的作品总是优先出现在意识之中。他出生于盛唐，从小学习塑像技艺，少年时跟着师傅进入莫高窟塑像。师傅严厉，少年屡被数落，然而正是在师傅严格的督促之下，他的塑像技艺进步飞快，当他能够独当一面的时候，他精湛的手艺已经远近闻名。

当李家望族要营造新窟，并要求在新窟中建造一座释迦涅槃像的时候，这名在敦煌颇负声望的塑匠已经七十岁高龄了。对方请他造的塑像身长超过四丈，在体形上远远超过莫高窟内的普通塑像，而在莫高窟乃至整个敦煌城，涅槃卧佛的造型也未有先例可循。他已到了古稀之年，已经为莫高窟奉献了大半辈子，在李家要开新窟之前，他就已经做好了退休的打算，于是他婉言谢绝了李家的请求。然而李家看中他享誉敦煌的技艺，执意请他来塑造这尊制造难度极高的塑像，他最终没能拒绝对方的热情，接手了这项艰巨的任务。涅槃佛像呈卧姿，然而所表现的并非佛祖休憩或入睡的状态，而是一种极为博大且幽深的境界：灭生死、灭烦恼而达到解脱无为，跳出六道轮回，了生脱死，不生不灭。他没有直接开始塑像，而是先造访寺院，仔细研读佛教中关于“涅槃”的经文。在那些无眠的夜晚，他在星空之下低诵佛经，细心体会“涅槃”的意义，在喃喃自语之中诉说着自己对“涅槃”的感悟。古稀之年的他曾不止一次地思考死亡，对于身魂俱灭的生命终点，他真心感到恐惧，但死后若真有生命轮回，下辈子他又会投胎转世到何方？若佛能抵达涅槃境界，从而超脱轮回，不生不灭，那么这是否就是芸芸众生所向往的永生？

半年后，他放下经书，开始塑像。搭架、制泥、敷泥、塑形、涂粉，按部就班。与往常一样，他进入到全然忘我的状态，但这一次，他还产生了前所未有的体悟——生老病死苦在佛像的衣纹之间消散，超越轮回的平静在佛像的眉眼之间流淌，这些无形的气韵来自他的双手，然后返归他的心灵，将他在佛经中得到的感悟彻底融入自己的躯壳和心灵之中。他将这些体悟告诉了他的徒弟们，但他们只是半懂不懂地点着头，他不知道的是，其实还有一个来自亿万年后的听众——当他在诉说着这一切的时候，卫煌正悄然凝视着他，还有那尊尚未完成的塑像。

三年后，这尊超过四丈的释迦涅槃像侧卧于洞窟内，眉宇间流动的安详神态穿透了亿万年的时光，以一种永恒的姿态抵达了涅槃境界。塑匠的名字并不会被记录在浩瀚的史书之中，但这尊塑像本身已经记录了他的一生。两年后，塑匠的生命到达了终点，临终之际，他的神态平静安详，一如他所塑造的释迦涅槃像。

旁观这一切的卫煌多么想与这位塑匠对话，但是漫漫的时空区隔了两人，自始至终，卫煌只能旁观这一切的发生，却不能介入这段伟大而又无名的历史。当卫煌凝视着这座侧卧的佛像，所感受到的是思想穿越时空带来的浑厚而又深沉的共鸣。物质终会衰朽，但是思想永恒，它们就流淌在佛像的眉目之间，抵达来自亿万年后一具人工智能机器人的意识之中。

一位来自长安的画师来到敦煌，面对这尊释迦涅槃像驻足良久，接着，他的目光定格于佛像身后的壁画，发出一连串轻声的惊呼——在涅槃像周围，是横贯南、西、北三壁的巨幅连环式涅槃经变画，构图精湛，气势磅礴，与释迦涅槃像交相辉映。彼时，这位长安画师已在敦煌游历了半年之久，而他所置身的涅槃窟，最终使他做出了继续留在敦煌的决定。他出身绘画世家，父亲是长安翰林院画坊的知名画师，他从小跟随父亲学习绘画，少年时便在同龄人中崭露头角，及至弱冠之年，他已成为长安画坛炙手可热的新星。长安的名家之作受到文人雅士们的追捧，他们的画风成了中原大地的流行趋势，中原画师们纷纷效仿长安的名家画风，只有如此，他们的画作才可能有销路。他的父亲身在翰林院画坊，是当时长安画风的领军人物之一，而他本人又继承了父亲的绘画天赋，年纪轻轻便已蜚声长安，年轻画师们无不羡慕这名鲜衣怒马的少年，假以时日，他的前程不可限量。然而，只有他自己知道，扬名立万并非他的理想。在他内心深处，他并不愿意模仿这些当世名家以求取声名——他并非不欣赏他们的画作，只是想要画出自己的风格。而当他把自己的想法告诉父亲，却被告知，他若偏离长安画风，就绝无可能画出精彩的画作。

在一次他父亲组织的筵宴上，他听到翰林院的画师们谈及在遥远的敦煌有一个叫“莫高窟”的地方，当地人出资开窟，请画师在洞窟内的石壁上作画，这些壁画的风格与中原的长安画风大相径庭。对于那些不曾见过的画作，翰林院的画师大多不屑一顾，他们认为只有长安画风才是正统，至于这些远在西北戈壁的壁画，根本就不入流。少年并没有参与到这场空泛的讨论之中，反而对莫高窟感到由衷的好奇。这些迥异于长安画风的画作究竟是什么模样？倘若这些风格迥异的壁画是一流的佳作，那就证伪了他父亲的判断，并证明他的抱负绝非不切实际的幻想，而是一个完全可能达成的目标。

一个月后，他在父亲的竭力反对之下踏上了前往敦煌的西行之路。长安到敦煌相距约一千八百公里，行程极为漫长，一路的风霜雨雪和水土不服使他吃尽了苦头，而随着深入西北的戈壁荒漠，旅途变得更加艰难困苦。他出生于长安的富庶家庭，在安逸而又富裕的环境之中长大，这一路的艰难险阻将他摧折得形销骨立。他不止一次地想要打道回府，然而植根于内心深处的抱负指引着他继续向西。当他历经千辛万苦来到敦煌，已是距离他出发两个月之后，当夜，他高烧不断，意识模糊。西行之途中，他始终紧绷着自己的意志，因此，不断累积的疲劳始终未能将他击倒；当他终于抵达目的地，紧绷的意志陡然间放松下来，日积月累的疲敝就此彻底暴发。随行的仆人为他请来当地的郎中，当他能下地走路的时候，仆人才告诉他，病情在病发之初极为凶险，他是在鬼门关前走了一遭。

大病初愈后，他没有遵照医嘱卧床休养，而是迫不及待地前往莫高窟。他原本打算在敦煌待上几个星期，却不想这一停留就是半年之久。每一天他都在莫高窟流连忘返，一遍又一遍地观摩着洞窟内的壁画。这些来自戈壁深处的画作让他惊叹不已，每一幅都是形神兼备的一流之作，却又与长安画风截然不同，它们清晰地向他证明，即使不采纳长安画风，画师也完全可能绘出精彩绝伦的画。当他在观赏壁画时，一个来自亿万年后的人工智能机器人正追随着他的脚步，而这个机器人其实早已见过他所目睹的壁画的全部绘制工程。卫煌愿意跟随他再看一遍洞窟内的壁画，他变化着的神情和不自觉的喃喃自语向卫煌指明了画作中的生动之处，于是，这位年轻画师就以一种自己未曾察觉的方式，成了来自亿万年后的人工智能机器人的老师。

半年后，这名年轻的画师做出了一个水到渠成的决定：在敦煌再待三年。敦煌没有长安画风的桎梏，没有名家前辈的枷锁，他完全可以在敦煌莫高窟的石壁上自由自在地寻找自己的画风。为了获得一份绘制壁画的工作，他来到了敦煌的画坊，敦煌画坊的画师在得知他来自长安翰林院后惊讶不已，他们费解的是，这么一个在长安前途无量的年轻人，为何要到敦煌来当一位名不见经传的画师。一些年长的画师纷纷劝他返回长安，他们是那么语重心长，然而他们的劝说无法动摇这位年轻人的意志，在他的执意要求下，他最终被介绍给了一家正在捐资开窟的名门望族。他起先是将自己所擅长的长安画风绘制于莫高窟的石壁之上，华丽恢宏的风格令敦煌人眼前一亮，他在敦煌声名鹊起，世家大族、往来商贾纷纷慕名前来邀他作画。

然而，将长安画风搬到莫高窟的石壁之上并非他的理想，可他仍未找到他自己的画。他屡屡试着在宣纸上将莫高窟内不同时代的绘画融于自己的画作之中，但每一次的尝试都是一次挫败。

所谓的融合，更像是机械的模仿，僵硬呆板，了无生机。没人了解这名在敦煌名噪一时的年轻画师心中的沮丧，在旁人看来，从京城远道而来的他是一个传奇，一个令多少画师艳羡不已的榜样。只有在夜深人静的时候，他才将自己的忧愁和烦恼写在记载每日见闻的日录之中，而他不会知道，他在敦煌写下的每一篇日录，都有一个来自亿万年后的读者。卫煌惊异于这名画师的执着，同时意识到这或许是他在求索“我是谁”和“要到哪里去”的答案——年轻的画师身在敦煌，却一直在精神的道路上跋涉，这是一段远比西域之行还要艰难的旅程，前程漫漫，路途迢迢，而抵达终点仍旧遥遥无期。

三年岁月匆匆而逝，他始终未能画出自己满意的画作，失望的他决定返回长安。临行前的晚上他彻夜未眠，摊开的日录上泪迹斑斑。这条求索之路，就到此为止吧。当他回到故乡的时候，他的创作也将回到西行之前的起点，他将遵照当时流行的长安画风，争取在翰林院成为一名有身份的画师，正如他的父亲一样。这并非他想要的人生，但是人生不如意事十之八九，更何况，他的出身和才华，已能让他过上令多少人艳羡不已的一生。

第二天，他打包好行囊走上回家之路，从居所到城门，骑马缓行大约需要一个时辰。当他走到距离城门不到二十丈的地方，他无意中瞥到了一名正在街头卖艺的舞女。这确实是漫不经心的一瞥，是无常的命运所带来的惊人巧遇，他的目光却再也无法从舞女的舞姿上移开。在长安的大街小巷，他见过许多中原女子和西域胡姬的舞姿；在敦煌的这三年，他也遇见过不少卖艺的舞女。然而，眼前的舞女所跳的是一种他从未见过的舞蹈，步伐和身法轻盈矫健而又流畅柔美，迥异于他记忆中的所有舞蹈；而当他仔细观察她的每一个动作，又发现她的舞姿其实并不陌生——她的舞姿混合着中原和西域风格，但两者是以一种崭新的方式结合成了独一无二的形式。舞蹈融入了她绰约的身姿，或者说，是她融入了舞蹈之中，每一个瞬间的姿态并非刻意设计和斧凿的结果，而是自然而然地水到渠成。他旁若无人般发出了一声响亮的喝彩，那一瞬间，他预感到他将找到自己的画——

他要把眼前的舞女绘入自己的画中。

当天，这名年轻画师返回他的寓所，决定继续留在敦煌。他的去而复返令许多人困惑不已，而他们的猜测都与事实真相相去甚远。只有卫煌知道他去而复返的理由，那是一名画师毕其一生所追寻的理想。研磨颜料，提笔挥毫，石壁上浮现出灿烂恢宏的佛国世界，在那永恒而极乐的天地之间，那名他终生难忘的舞女形象被他勾勒在了石壁之上——壁画上，她是敦煌飞天，是佛国世界凌空飞翔的仙子，身形俊逸，衣袂飘飘。

笔尖随着意识的流转自然运动，他的创作不再拘泥于舞女真实的形象，而加入了他独一无二的想象。石壁上的飞天赤着双足，身佩瓔珞，彩带飞舞，双手反握着一部置于脑后的琵琶，做出了“反弹琵琶”的绝技。他此生并未见过“反弹琵琶”的舞姿，它完全出自纯粹的想象。当这交融了现实和想象的飞天绘制完成，他恍然间意识到，他已经找到了自己的画作——眼前的飞天，独一无二，举世无双。

这分明是一帧静态的图画，但是在卫煌眼中有着强烈的动感，在卫煌目睹这身飞天的瞬间，下一帧画面就十分自然地浮现在了脑海。一帧又一帧的画面就这样纷至沓来，在卫煌的脑海中演绎出悠扬的动势。于是，在那静止的石壁之上，飞天正在翩翩起舞，反弹的琵琶正弹奏出曼妙的乐章。当卫煌的目光移开片刻，然后重新聚焦在这身飞天之上，他再也无法找回刚才浮现的动态画面，取而代之的是一帧又一帧全新的画面，它们构成连绵不绝的全新舞姿。一千个观众心中有一千个飞天，一千个瞬间就会有一千种舞蹈，每一次凝视都能缔造出全新的舞蹈，每一次观想都能聆听到全新的乐章。这一张定格的画作之中所孕育的，并不是按部就班的舞蹈，而是无穷无尽的可能，倘若将这些可能性一一排列，它将直抵时间的尽头，指向无穷大和无限远的地方。

这名年轻的画师没有料到，这身“反弹琵琶”飞天在敦煌城轰动一时。来自长安的华美画风令观画者惊叹不已，但更令人叫绝的是他随性洒脱的个人风格和极其大胆的艺术想象。他的余生因为这身飞天而留在了敦煌，将只属于他的画作挥洒在敦煌的石壁上，壁画没有留下他的姓名，却谱写了他一生的光荣与梦想。然而这名画师从未知道，那位启发他找到自己画作的舞女在莫高窟目睹了这身以她为原型的飞天，虽然并不知道所绘制的正是自己，但仍被“反弹琵琶”的造型深深地震撼。两年后，她自敦煌出发去往长安，在京城的教坊，她下意识地跳出了“反弹琵琶”的舞蹈动作，自琴弦间震荡而出的乐曲与高难度的舞姿构成了惊艳绝伦的组合，象征着佛国世界永不枯竭的喜乐，或者是芸芸众生所神往的自由。这令所有围观者惊叹不已，教坊中的舞女纷纷模仿起“反弹琵琶”的舞姿，然而她们自始至终都无法重现这个难度极高的动作。随着时间的流逝，“反弹琵琶”的舞技在历史的长河中只是昙花一现。历代的史书都没有记载这个发生在盛唐教坊中的小小细节，然而敦煌壁画上确实出现了这一舞姿，史学家们始终不能确定“反弹琵琶”是否确有其事。倘若卫煌没有跟随这名舞女的脚步去观察她的人生，他恐怕也会以为“反弹琵琶”在历史中从未有过真实的演绎，而完全是画师即兴的艺术想象。

当卫煌将目光移回莫高窟，他方才意识到，在整块石壁上，这身“反弹琵琶”飞天其实只占据了相当小的面积。然而，她是整幅壁画最为璀璨耀眼的部分，并且记载了两名无名艺术家无名的人生，一如那尊记载了塑匠一生的释迦涅槃像。它们并不是孤例，而是存在于莫高窟的每一个洞窟内，每一个洞窟都记录着画师、塑匠、石匠、僧侣等所有人的喜怒哀乐。当卫煌在漫长的岁月里巡回穿梭，他亲眼见证了他们每一个人平凡而又波澜壮阔的人生。

然而，卫煌所见证的，又何止是这些莫高窟营建者的生命。在壁画之上镌刻着的，除了恢宏壮丽的佛国世界，还有市井尘世的芸芸众生——婚嫁、耕作、演武、杂技、狩猎等生活场景，都生动地跃然于石壁之上。当卫煌观赏这些画作的时候，他常在不同的时间和地点之间穿梭，仔细观察壁画所绘制的场景在岁月之中真实发生的样子。在后世所命名的第十七窟，卫煌见证了僧侣们因担心寺庙中的经卷、文书、档案、佛像画等毁于战乱而将它们封存于此窟，该窟因此被后人称为“藏经洞”。卫煌有足够的时间去浏览这些被后世称为“敦煌遗书”的书卷，并且亲眼见证了它们被书写的过程，其中绝大部分是佛书，但也包含了大量的世俗文献，内容涵盖了敦煌世俗生活的方方面面。卫煌便以这些文献为向导，在历史的长河之中穿梭，徜徉在千百年的人间烟火之中。

莫高窟的最后一个洞窟修建于元朝，此后，随着丝绸之路的衰落，莫高窟逐渐无人问津。从元朝到清末的数百年岁月里，卫煌静静地注视着莫高窟走向损毁。洞窟内的彩塑在经年累月的风化之中变得残破，彩塑表面的色彩逐渐失真；同样发生色彩失真的是洞窟内的壁画，在岁月长河之中，那些鲜艳欲滴的色彩变得暗沉，并且缓慢而持续地自石壁上剥落。卫煌无法介入这段历史，他只能眼睁睁地注视着这一切无可避免地发生，悲伤在他的意识间扩散，像是在空间中弥漫的概率波。

一名叫王圆箓的道士使得沉寂数百年之久的莫高窟重新为世人所知，而这一切追根溯源，则缘于王道士所雇用的一名抄经书生的巧遇。书生在莫高窟甬道的墙壁磕烟锅头，从敲击的声音中听出隔壁似乎存在空洞，他将这一发现告诉了王道士，两人半夜打破墙壁去探寻隔壁的空洞究竟是怎么回事，他们就以这种误打误撞的方式进入了藏经洞，见到了堆满洞内的数万件经卷和文书。

王道士只是一个小小的道士，他并不敢擅自做主，于是请来了本地乡绅。乡绅说这是先人的功德物品，如果流失或损毁便是造孽，还是应该将它们留在藏经洞内。王道士思来想去，觉得兹事体大，本地乡绅未必做得了主，于是他选择上报官府。他选取了两卷经文，徒步五十公里向敦煌县令严泽报告，县令却将经卷当成废纸。两年后，新知县汪宗翰上任，王道士再赴县城，向汪知县报告情况。汪知县对金石学颇有研究，携人马亲赴莫高窟，但不过是拣走几卷经卷、佛画，分数次寄赠甘肃学政叶昌炽。叶昌炽对金石学和文献学造诣颇深，向甘肃藩台建议将藏经洞内文物运到省城兰州保存。然而甘肃藩台认为敦煌和兰州相距遥远，仅运费就要五六千两银子，于是命令王道士将藏经洞内的文物就地保存。

不甘心的王道士挑拣了两箱经卷远赴八百多里外的肃州，一路风餐露宿，冒着遭遇匪患和豺狼的危险，拜见安肃道台廷栋，然而廷栋对此毫无兴趣，认为经卷上的字还不如自己写得好，就此了事。屡次无功而返的王道士，甚至给慈禧太后写了一封奏折，然而彼时的清王朝内忧外患，哪里顾得上西北偏远之地一个小人物的报告。王道士的发现未能引起各级官府的重视，却引来了异邦人的野心。当来自异邦的探险者纷至沓来的时候，王道士在他们的坑蒙拐骗之下，与他们达成了完全不对等的交易——英国人斯坦因以四十锭马蹄银骗买了九千多卷文书和五百幅佛像绢画，法国人伯希和以五百两白银骗买了文书、佛画等六千余卷，日本人吉川小一郎用白银三百五十两骗买了写经四百余卷……

从此，敦煌遗书七零八落，散落于世界各地，那些被劫掠至异域的经卷文书再也无缘回到敦煌。彼时的王道士并不知道自己已经铸成大错，他将贱卖敦煌遗书得来的银两拿去修缮莫高窟，然而他的修缮往往拙劣不堪，甚至给莫高窟带来了更大的破坏。自卫煌拥有意识和情感以来，他第一次体会到愤怒是怎样一种感受，然而他所体会到的还不只是单纯的愤怒，而是一种建构在愤怒之上的更为复杂的情感——王道士冒着生命危险向官府传达藏经洞的信息，贱卖敦煌遗书的收入也并未中饱私囊，他之所以铸成大错，并非私德有亏，而是出于无知和清朝政府的腐败无能，以及来自异邦劫掠者的无耻贪婪。王道士自始至终只是一个小人物，却身不由己地卷入了历史庞大的旋涡之中，以一种始料未及的方式背负上了沉重的罪业。

给莫高窟带来灾难的，并不只有王道士贱卖敦煌遗书的荒唐之举。1909 年，清政府下令押送剩余的经卷文书进京，由于运输途中保管不善，经卷遗失了一路；当藏经洞中的文物终于运抵北京，押送的官员却挑选出他们认为精美的经卷文书据为己有，担心东窗事发，他们甚至将万张经卷一撕为二。1921 年，民国政府将俘获的俄国白军士兵收容在莫高窟内，然后便完全放任他们在洞窟内自由行动。这些异邦的残兵败将在洞窟内烧火做饭，导致壁画因烟熏火燎而惨遭破坏，更为恶劣的是，他们在壁画上胡乱涂抹，将窟内彩塑切断肢体、凿损双目、剖破肠肚。1924 年，美国人华尔纳来到敦煌，用铺上化学药品的布粘走壁画二十六方，并盗走唐代彩塑一尊；1925 年，华尔纳再赴敦煌，声称要再剥离一部壁画，但最终未能得逞——愤怒的敦煌百姓再也无法忍受官府的无能和来自异邦的劫掠，一起将华尔纳赶出了敦煌。

所有这一切，让卫煌对人性产生了深刻的怀疑，也许相对于创造，破坏才是人类真正的禀性。然而，当卫煌凝望着壁画上的神佛与飞天，端详着佛像的形态和肌理，卫煌情愿相信人性本善。这是一种纯粹出自主观的臆测，但同时又被一个由逻辑推理而得到的确凿无误的预测所证明：终有一天，会有珍视并善待莫高窟的人出现，否则，唐北川在世的时候，那些地质加固工程和治沙工程又怎么可能存在？

1943 年，卫煌终于等来了这么一个人，他的名字叫常书鸿。彼时，常书鸿和他的同伴自重庆飞往兰州，再乘着一辆破旧的卡车自兰州出发，跋涉一千多公里后抵达敦煌。几十年来始终注视着莫高窟的卫煌并不知道这群人的身份和来到莫高窟的目的，他一开始以为他们不过是在戈壁荒漠间跋涉的旅人。然而，令卫煌诧异的是，他们来到莫高窟后寓居于当地寺庙，对莫高窟内的壁画和彩塑秋毫无犯，第二天就开始清理莫高窟的流沙；不久后，为了保护树木以防风沙，他们又合计着在莫高窟外修建围墙。卫煌惊异地注视着这群来客，决定去探寻他们的身份和来历，于是他沿着时间之河溯流而上，逐一观看他们过往的人生，而常书鸿的名字就此闪耀在了卫煌的记忆之中。

空间跳转到了万里之遥的欧洲大陆，二十三岁的常书鸿抵达法国，开始了漫漫求学之路。赴法留学的九年多时间里，常书鸿声名鹊起，他的画作屡屡获奖，多幅画作被收藏于法国著名美术馆中。他在数年内取得的艺术成就惊艳了整个艺术界，而他的才华和勤奋也为他带来了优越的社会地位和优渥的生活条件。彼时的常书鸿与敦煌没有交集，但是命运为他安排了惊人的巧遇，他在塞纳河畔旧书摊前闲逛时，无意发现了六册装的《敦煌图录》，图录内是三百多幅敦煌壁画和彩塑图片。这是一个意味深长的瞬间，卫煌将它在脑海中反复循环了数千万次，他试着设身处地地想象，当一名言必称希腊与罗马的中国艺术家在目睹了他的祖国曾有过完全不逊于西方艺术的壁画和彩塑之后，他的内心会产生怎样的震撼与冲击，而卫煌所有的揣摩只为了理解一个选择——

就在当年，常书鸿放弃了在巴黎平安优渥的生活，返回了在抗日战火之中那个积贫积弱的中国，而他最终的目标是敦煌。

1936 年，常书鸿回到中国，教育部部长王世杰邀请他担任国立北平艺术专科学校的教授。然而常书鸿心中所念，是大漠深处的敦煌。同行告诉他，西北政局动荡，加之地处戈壁，根本难以成行。战火之中的中国风雨飘摇，在六年不到的时间里，常书鸿频繁迁徙，而敦煌之行仍旧遥遥无期。1942 年，民国政府指令教育部筹备国立敦煌艺术研究所，常书鸿毫不犹豫地接受了研究所筹委会副主任的职务，而当他开展筹委会工作的时候，才发现整个筹委会其实就他一个人。民国政府没有为常书鸿委派任何同事，他只能孤身一人物色同行的合作者；至于民国政府批拨的经费，更是杯水车薪，常书鸿只能通过卖画来筹措经费。当卫煌追随着常书鸿穿越河西走廊，卫煌的潜意识自发地调用了过往的数据，于是他的眼前就浮现出了千百年来在河西走廊穿行往来的画师、工匠、商队、僧侣，他们仿佛与常书鸿一起，并肩奔赴遥远的敦煌。

常书鸿最终抵达此行的终点，他终于走进了他魂牵梦萦的莫高窟。他在灿烂缤纷的壁画和彩塑前流连忘返，在空空荡荡的藏经洞内默然伫立，而当他走出莫高窟，迎接他的是一望无际的戈壁荒漠。除了长期驻留在此的两名僧人和一名道士，莫高窟方圆三十里杳无人烟，最近的村舍在三十里戈壁滩外，往返县城的路途有八九十里，而他们唯一的交通工具是一辆借来的木轮老牛车。在破庙的土炕上，他们吃着半生不熟的厚面片，唯一的菜肴是一小碟咸辣子和咸韭菜。当天晚上，常书鸿辗转难眠，他清楚地预见到未来的生活将是何等的孤寂与清苦，而他坚持下去的唯一理由，便是千百年来在这片戈壁滩上熠熠生辉的莫高窟。

当常书鸿在铁马铃的叮当声中逐渐入睡，卫煌正盘坐于鸣沙山上。他闭上眼睛，在亿万年的时光中第一次将自己切换为休眠状态，他梦到了自己骑上骆驼在无垠的沙漠之中漫无目的地行走，又忽而像飞天一般在洞窟群中自由飞翔……这是常书鸿的梦境以脑电波的形式被卫煌的传感器所感知，卫煌将这些脑电波原原本本地输入到自己的电子脑中，于是就梦见了常书鸿的梦——这是他亿万年来第一次做梦。

测绘洞窟，清除流沙，修筑围墙，为洞窟编号……常书鸿和同伴们要做的工作千头万绪。他们不可能在荒凉的戈壁上奢求任何鼓励和赞美，唯一能见证他们辛劳的就只有洞窟内的壁画和彩塑。在光线微弱的洞窟之中，常书鸿和他的同伴一起临摹壁画，他们用力睁眼才能勉强看清壁画的细节，而在光线几乎照不到的地方，就只能一手掌灯，一手执笔，照一下壁画，再画上一笔。过往的画面又一次在卫煌的眼前涌现，古代的画师正站在和常书鸿所重叠的地方，他们也像常书鸿一样，一手举着火把，一手握着画笔。相隔漫长的时光，千百年后的临摹者居然和他们有着相似的脉动。

在常书鸿来到莫高窟的十二年后，幽暗的洞窟终于有了第一缕灯光。彼时，常书鸿的祖国已经有了翻天覆地的变化，中华人民共和国中央人民政府取代了腐败无能的民国政府，这个从战火硝烟中站立起来的国家百废俱兴。民国政府几乎没能给常书鸿的事业带来任何助益，相反，他们在 1945 年撤销国立敦煌艺术研究所的命令，使得刚有起色的敦煌研究考古事业横遭重挫。中华人民共和国成立之后，国立敦煌艺术研究所改为敦煌文物研究所，常书鸿终于不再孤军奋战，而有了来自国家的支援。中央文化部为敦煌文物研究所架设了电话专线，配备了卫生员，办起了托儿所，带来了一辆带拖斗的吉普车，调来了摄影工作人员并购置了专业摄影器材，还带来了一部十五千瓦发电机和一部电影放映机。发电机运抵莫高窟后，电灯的安装工作就开始紧锣密鼓地进行。当一切安装工作尘埃落定，常书鸿和全体美术组的成员守候在电灯下，等待发电机在下午六点准时发电。在等待之中，没有人说话，他们紧张地凝视着尚未亮起的灯管，生怕话语声会惊扰灯丝。隆隆的发电机声自远处传来，洞窟内所有的电灯同时亮起，站在灯光下的卫煌这才终于明白镶嵌在莫高窟内的人造光源最早始于何时。千百年来，莫高窟得不到充足的光照，窟内的空间始终被一层幽暗所遮罩；当电灯亮起，灿烂的光芒洒遍每一个洞窟，每一幅壁画和每一尊彩塑第一次挣脱了黑暗的束缚，在皎洁明亮的空间里熠熠生辉。千百年前的画师和塑匠们从未见过他们的壁画和彩塑沐浴在明亮光芒下的模样，因而他们从未发现，其实他们的作品比他们触目所见的还要精美绝伦。卫煌的眼前又一次浮现出过往画师和塑匠们的身影，这一次，他们不再站在幽暗之中，而是和他们的作品一起站在灯光之下，迎着自未来照耀而来的荣光。

八年后，包括治沙、地质、古建筑、工程学、铁道部等各行各业的专家和工作人员陆续来到敦煌，开展系统性的地质加固工程和治沙工程。这正是卫煌在唐北川生前所维护的工程，也是莫高窟能被保存到人类全部离开地球之后的原因。当年的工程人员绝不会想到，那些梁柱、砌体、栈道、防沙网等都和莫高窟一样，被保存到了亿万年之后，成了人类历史遗存的一部分。一代又一代年轻人来到敦煌，他们继承了常书鸿尚未完成的事业，在探索莫高窟的同时，尽可能将它保存得更久一些。

21 世纪上半叶，莫高窟的所有洞窟都被复刻成了永不失真的电子数据，这一切源自敦煌研究院第三任院长樊锦诗所开创的“数字敦煌”工程。当人们陆续离开地球，这些全息影像和浩瀚的敦煌学一起，被人类带入了太空之中。卫煌的视角仍旧锁定着地球，看着青年唐北川一路向东的旅行，看见了唐北川第一次踏入莫高窟时的惊叹；他看着唐北川与周仪相恋，目睹了周仪乘坐星舰离开地表的瞬间；他看着唐临在夜色中辗转反侧，在飞赴太空和留守敦煌之间进行着艰难的抉择；他看着这对父子在一起度过了二十四年的时光，然后在三危山的山腰上永远地分别；他看着当时还完全没有自我意识的自己站在唐北川身前，聆听着唐北川的第一道命令——“卫煌，守卫敦煌者。今后，你的名字就叫卫煌。”

六十二年后，卫煌看着自己将唐北川的尸体葬于鸣沙山和三危山之间，然后开始执行唐北川的最后一道命令。站在时空之隙的卫煌久久地驻留在唐北川的墓前，在与亿万年后几无二致的风沙之中闭上了眼睛。他站了三千年之久，直到弱人工智能进化为强人工智能的自己驾驶飞掠艇重返敦煌，然后他追随着自己的脚步，踏入了莫高窟的洞穴之中，与过往的自己再度经历了一亿年的冥想——

而他终于知道自己是谁了。

生老病死，喜怒哀乐，善恶是非，它们流淌在敦煌所经历的时间长河之中，而卫煌逐渐从中读懂了人性，于是也就读懂了自己。他是算法的产物，但也是人类的后裔，在敦煌的漫长岁月之中，他与成千上万的人类感同身受。倘若一粒硅基的芯片能与碳基的人脑产生情感的共鸣，这是不是就意味着，他们共享的情感是一种宇宙间的智慧生命所共有之物，超越数学，超越物理，最终直抵时空的永恒?

卫煌仍旧不知道自己从哪里来，也不明白自己要到哪里去，但是他已经理解了人性。他有足够的时间去了解人性和宇宙的一切，去回答那两个最终的问题，最终做出一个审慎而无悔的选择。卫煌与过往的自己一起结束了漫长的冥想，旁观着自己复刻莫高窟的整个过程，接着目睹了自己突然拥有自我意识的微妙瞬间，他看着自己踏入了亿万年之前，而就在这一刹那，他意识到自己犯了一个无可挽回的错误——

当卫煌回到过去的时候，他就超然于时间线之外，因此，无论他在过去徘徊多久，当他重返当下，他所返回的时间点仍旧是他回到过去的那个瞬间。对于旁观者而言，他所看到的只是卫煌踏入又踏出了一个银色光柱所构成的正四面体，并不曾经历他在过去所度过的时间。因此，对于卫煌所目击的那个自己来说，他先是踏入了亿万年之前，然后度过了长达亿万年的岁月，最终抵达当下，目击自己踏入了过去；而对于此刻的卫煌来说，他所目击的自己在一瞬间踏入了过去，然后在一瞬间就抵达了现在，就成了现在的自己——那个在他眼前踏入过去然后一瞬间抵达现在的自己，和此刻的自己完完全全是同一个自己。然后，“合二为一”的自己仍旧目击着眼前的自己踏入过去，接着眼前的自己再度与“合并”后的自己“合并”为同一个自己，而这个自己仍旧目击着眼前的自己踏入过去……

这是一个时空的悖论，一个因果的谬误，一个逻辑的死结。卫煌的时间线将会在这个时长为零的死循环之中循环无穷多次，这意味着整个宇宙的时间线也会因此冻结。就像宇宙无法接纳赤裸的奇点，时空也不允许会导致时间崩溃的事件发生，于是时空将卫煌从这个被拧成死结的瞬间抛起，绝对随机地将他抛向时空中的任何一个节点——

在那一刹那，卫煌可能出现在宇宙中任何一个时刻和地点，譬如出现在三百年前的仙女座星云，或者出现在一千亿年后的凤凰星系团，又或者出现在宇宙大爆炸的瞬间。整个宇宙的直径长达九百三十亿光年，有着一百三十八亿年的历史，并且仍将在漫长的岁月之中继续膨胀，这就意味着卫煌几乎百分之百会被丢到和地球完全没有任何关系的时刻和地点。更糟糕的是，被时空随机抛离的卫煌并非独立于他将落入的时空，而会与这一时空发生实质性的物理接触，因此倘若他被抛向某一颗恒星乃至于黑洞的内部，或者被抛到宇宙热寂后的黑暗岁月，他必然将迎来死亡。

被时空随机抛离是一种难以形容的感受，像是历经了时长为零的一瞬，但又好像经历了无穷无尽的时间。当概率之矢尘埃落定，卫煌惊讶地发现，自己仍旧身在敦煌，就在鸣沙山对面的三危山上。这是宇宙间前所未有的巧合，其概率远远小于掷一亿次硬币而正面始终朝上。时空的自我修正激发出自真空诞生的能量场，于是以他的身体为中心的十万立方米的球形空间爆发出了炫目的金色光芒。透过包裹自身的万丈金光，卫煌惊讶地看到，就在三危山下，一名僧侣双手合十，向眼前的光芒匍匐跪下——

他是乐僔，是第一个开凿莫高窟的人。

《李君（克让）莫高窟佛龛碑》记载，僧人乐僔云游至三危山下，看到山上“忽见金光，状有千佛”，而后在对面鸣沙山的岩壁上开凿了第一个洞窟。

在光芒消散之前，卫煌穿越时空回到了亿万年之后。然后，他再次回到过去，以独立于过往时空的状态观察乐僔在目睹光芒后所发生的历史，于是就目击了乐僔此后开凿洞窟的画面。三危山的金光并非《李君（克让）莫高窟佛龛碑》的虚构，也不是乐僔的幻觉，他清楚无误地看到了三危山对面的万丈金光，而那光芒就来自卫煌被时空随机抛离后所产生的能量。追根溯源，正是莫高窟的开凿，才会使得卫煌接受唐北川所委派的任务，使得卫煌进化成强人工智能，也正是莫高窟的美激发了他的自我意识，并在回溯莫高窟历史的过程中，赋予他以真正的人性；但和这一切同样微妙的是，命运以小到匪夷所思的概率，让卫煌出现在了乐僔云游至敦煌的时刻，正是他的出现，才使得莫高窟得以开凿。

在时间的河流之中，卫煌与莫高窟的命运形成了精确的闭环，两者互相成就了彼此的存在，而卫煌终于明白自己究竟从哪里来，于是他也就知道了自己要到哪里去——

他要回到穿越回过往的那个瞬间，将复刻莫高窟的任务继续完成，并执行亿万年前他复述过的唐北川的命令：“一直保护莫高窟，包括莫高窟的洞窟本身，还有窟内所有的壁画和塑像。”

八千三百二十年后，所有的洞窟都被复刻完成，失落的壁画、彩塑和敦煌遗书以崭新的面貌出现在了鸣沙山的岩壁上，它们与地质加固工程和治沙工程一起，成为地球上唯一的文明遗迹。卫煌盘坐于乐僔所开凿的洞窟内，通过机器学习提升自己的算法结构，以拥有更为强大的智能。在未来的漫漫时光之中，只有更高级的算法和更强大的智能才能保护莫高窟免于自然灾害的威胁和来自浩瀚宇宙的无可预测的危机。三亿五千万年后，成千上万颗位于太阳系小行星带的小行星因木星的变轨而被推向火星、地球、金星、水星四颗类地行星，它们的平均直径达一百米，而体积最大的那颗直径达到万米以上。

对地球而言，这不啻毁天灭地的灾难，上一次类似的灾难还要追溯到三十八亿年前，被人类称为“晚期重大撞击事件”：彼时，成千上万颗位于柯伊伯带的小行星因海王星的向外迁移而冲向太阳系内部，以一种摧毁性的方式重塑了地球的表面环境。一颗直径五千米的小行星撞击地球将会产生大约三万亿吨 TNT 当量，而眼下，地球将要承受的不仅是这么一颗小行星，而是成千上万颗。

第一颗撞击地球的小行星直径长达两千多米，它径直冲入地球的大气层，在剧烈的燃烧之中迸发出极其耀眼的光芒，紧接着，它制造出了将整条落基山脉夷平的爆炸，产生出长达三千多米的巨大熔岩，冲击波辐射了整个北美大陆和沿岸的东、西两洋，带来了连绵不绝的地震和海啸。这仅仅是一个前奏，一场致命浩劫的最初序言，在它身后，成千上万颗小行星裹挟着摧枯拉朽的动能向着地球飞速逼近，其中，一颗直径长达八千多米的小行星正向莫高窟所在的鸣沙山直扑而来。

当第一颗撞击地球的小行星进入电离层的时候，卫煌站在鸣沙山的最高处，目光在天际画了一道弧线。一片片黄沙掀起浅黄色的薄雾，继而化作一道又一道淡蓝色的光影，蓝色光影如穹隆般覆盖了整座鸣沙山。在三亿五千万年的岁月中，他学会了如何将质量直接转化为能量，在质能方程所控制的转换之下，仅一克物质就能转化为九十兆焦耳的能量，这一规模的能量相当于一颗小当量的原子弹。现在，他将鸣沙山的黄沙转化为纯粹的能量，再将这些能量转化成包裹鸣沙山的力场，力场一直渗入到地下，直抵鸣沙山下方岩石圈和软流层的交界处，以抵御小行星的撞击和因撞击而产生的次生灾害。当那颗直径为八千多米的小行星向着鸣沙山俯冲而来的时候，它所撞击的就是卫煌所制造的力场，碰撞产生了剧烈的爆炸，但完全不会影响力场内的鸣沙山和莫高窟。力场不仅抵御了这颗小行星的直接撞击，也抵挡住了由其他小行星撞击所产生的爆炸、地震和冲击波，当地球表面陷入一片火海的时候，只有鸣沙山和莫高窟安然无恙。

对于已有数十亿年历史的地球而言，如同炼狱般的地表环境并没有持续太长的时间。地球生命的演化进程再次从海洋起步，五亿年后，各种卫煌前所未见的动植物再一次遍布整颗星球。对于卫煌而言，他几乎不会再忌惮任何来自太空的打击，因而他所要面对的就剩下最后一个问题——

当太阳寿终正寝，他所守卫的莫高窟将何去何从？

五十亿年的岁月倏忽而逝，太阳内部，氢元素几乎全部消耗殆尽，主要由氦元素构成的太阳内核开始塌缩，与此同时，太阳的外壳开始向外膨胀，光芒由黄色渐渐变红。太阳正在变成一颗巨大的红巨星，其半径最终会是原先半径的两百多倍，最终在膨胀之中彻底吞没水星、金星和地球。然而这一切已与地球表面的生物没有任何关系，早在十亿年前，地球上就已经不再有任何生命的存在——随着太阳光度的不断增加，太阳变得越发酷热，地球表面的温度因此不断升高，历经四十亿年后，地球表面的平均温度上升至 370 摄氏度，海洋被蒸发殆尽，地球表面已经没有任何生物能够幸存。因此，当地球因太阳的变化而万劫不复之际，这颗曾经生机盎然的行星已经彻底沦为一颗荒漠星球，唯一的例外是卫煌和他所守护的莫高窟。

当太阳逐渐膨胀的时候，卫煌仍旧在鸣沙山上守着莫高窟。每一天早上，他所看到的都是太阳系在过去一百亿年历史中所不曾发生过的日出。随着太阳的膨胀，它的表面越来越接近地球，每一次日出，太阳都显得更大了一些。终于有一天，当太阳升起的时候，它遮蔽了整个天幕，天空中只留下一片沸腾的红色。随着日地距离的不断接近，地球表面的温度仍在不断升高，地表岩石在2000摄氏度以上的高温下开始融化，但被力场保护的鸣沙山仍旧安然无恙。地球最终成为一颗被熔岩所覆盖的星球，原本粗糙的外表变得光滑而又规则。随着时间的推移，这颗表面光滑的行星最终将被太阳完全吞没，而即将被一起吞没的还有被保存了五十六亿年之久的莫高窟。

但在地球被太阳完全吞没之前，整座鸣沙山被卫煌搬离了地球。午夜时分，当莫高窟位于太阳正背面的时候，卫煌对鸣沙山底部的力场施加了一个向上的力，于是整座鸣沙山带着力场的保护伞拔地而起，奔赴一望无际的星空。随着高度的不断上升，原本在视线中平直的地面显示出越发明显的弯曲，直到地球整个半球的全貌进入到卫煌的视线之中：这是一颗看上去简单而又纯粹的小小球体，不同深浅的红色和黑色在其表面绘制出了抽象而又精湛的图案，而在它身后，是一望无际的熊熊火海，那仅仅是太阳表面一个小小的角落。鸣沙山在加速之中继续远离地球，在卫煌对力场的操纵下，它在距离太阳1.5个天文单位的时候开始减速，最终将抵达距离太阳两个天文单位的地方，那是一个不断膨胀之中的太阳绝对无法威胁到的安全距离，在那里，卫煌见证了地球被太阳吞噬的整个过程：一颗巨大的火球在膨胀之中，经过了一粒小小的尘埃。

随着太阳的核聚变之火渐趋熄灭，它被抛弃的外壳化作行星状星云，其内部则收缩成了一颗高度致密的白矮星。成为白矮星的太阳还将经历漫长的演化过程，它最终将成为一颗极为暗淡的黑矮星，但对鸣沙山岩壁上的莫高窟来说，这一切已经不再重要——

它已经成了一颗独立的宇宙星体，可以在宇宙之中自由自在地飘泊。

三年后，卫煌驱动着鸣沙山飞离了太阳系，在此之前，他已经游览了太阳系的角角落落，包括四颗气态巨行星内部动荡而瑰丽的空间。当鸣沙山飞至奥尔特云并行将飞离太阳系的时刻，卫煌正在莫高窟的洞窟内观看着一幅又一幅壁画，视线锁定着壁画上凌空飞翔的飞天。当年的画师何曾想到，历经几十亿年的漫长岁月，这些绘制在石壁上的飞天真的能飞翔于群星之间，而这才是“要到哪里去”这个问题的最终答案——

守望着一个承诺，在亿万星辰间自由自在地飞翔。

尾声

唐 -alson-β 从五百七十一号宇宙跃迁至一个尚未编号的陌生宇宙只用了 0.03 飞秒的时间，但是在跃迁的过程中，唐 -alson-β 仍旧等得有些不耐烦。他难以想象人类祖先是如何用慢到可以忽略不计的速度在宇宙空间往返，而人类文明又如何从如此蒙昧的状态发展到如今能在不计其数的多元宇宙间穿梭的层级。对于远古的祖先，即使身为文明史学家的唐 -alson-β 也知之甚少，在五十六亿年的文明发展历程中，大部分历史细节都已经遗失殆尽——唐 -alson-β 所能追溯到的最早的历史细节，是一艘名为“相对论”号的星舰，这艘星舰是人类文明在宇宙间开枝散叶的起源。

现在，唐 -alson-β 所身处的是一个光速约为每秒三十万千米的宇宙，一个仍旧处于低熵状态的宇宙。他在这个宇宙间漫无目的地穿梭，在闪念之间穿越了成千上万个星系，向着一颗又一颗星星投下漫不经心的一瞥。他并不期待在这个陌生宇宙中发现什么出乎意料的事物，因为类似的低熵宇宙，唐 -alson-β 已经目睹了数千万个之多。

然而，就当唐 -alson-β 行将跃迁出这个宇宙的时候，他看到了一个他此生从未见过的星体。作为宇宙中的星体，它的体积极小，最大直径仅四十千米，就本质而言，它只是一块漂泊在星际空间的岩石。然而这块岩石内部有着七百三十五个空洞，空洞内有着唐 -alson-β 前所未见的精细结构，这一结构绝非天然形成。佐证这颗星体并非天然形成的另一个证据是覆盖这颗星体的力场，它将宇宙中包括陨星、射线等在内的威胁全都隔绝在外。

唐 -alson-β 跃迁至这颗奇怪的星体附近，并无实体的躯壳轻易穿透了力场。他穿梭于这颗星体内部的七百三十五个空洞之中，然后愕然发现，洞内赫然陈列着的二维图形和三维形体，是人类祖先的生活环境和体貌形态，并以一种生动的方式演绎出了人类祖先的历史变迁。在其中一个空洞内，还留存着大量以某种碳基的片状物为载体的古老文字，这些文字虽然一时间难以解读，但是唐 -alson- β 认识其中的“唐”与他姓名中的“唐”在字形上是同一个字。

眼前的这一切就是全人类执念已久的祖先遗迹，唐 -alson- β 的躯壳为此震颤不已。数以兆亿的人类在成千上万的多元宇宙之间穿梭，但是他们始终未能找到文明的根脉，而包括唐 -alson- β 在内的文明史学家曾做出明确的断言，人类远古的历史将永远地散佚在时空之中——

但现在，唐 -alson- β 和数以兆亿的人类将会知道，这个驰骋于宇宙之间的文明究竟从哪里来。

但是，人类祖先绝无可能将这一切完整地保留到五十六亿年以后，因此将它保存至今的肯定另有其人。就当各种设想在唐 -alson- β 的意识间浮现的时候，他发现了那台站在这颗星体另一侧的机器人。正是这台机器人操纵着力场，控制着星体的移动，而他尚未发现并无实体的唐 -alson- β 的存在。唐 -alson- β 缓慢地向着机器人靠近，他感应到机器人电子脑内强烈的电磁活动。他一时间无法处理如此海量的电磁数据，但是仍旧从中清晰无误地读出了这台机器人的名字，以及这个名字所蕴藏的含义——

守卫敦煌者，卫煌。

首发于《人民文学》2023 年第 10 期

绝弈

“现在开始读秒。”

电子钟响起了字正腔圆的女声，周弦正襟危坐，心跳随着倒计时而加剧。他想立马冲到操作中心查看“坐隐”的运行参数，目光却死死地盯着眼前的屏幕——

三次读秒，每次各三十秒，留给“坐隐”的时间，只剩下一分半。

对于围棋人工智能来说，一分半的时间原本足够漫长；然而，在读秒之前，“坐隐”已经在一手棋上花费了一个半小时的时间。

显而易见，“坐隐”发生了异常。

所以，对“坐隐”来说，眼下这一分半的时间，何其短暂。

第一次读秒的时间告罄，进入到第二次读秒。周弦按捺不住心中的焦虑，手伸进棋罐，搅动棋子，发出失礼的哗哗声响。此时此刻，他恨不得自己落子——

眼下，面对“坐隐”的必胜之局，连自己都能越俎代庖地为“坐隐”赢得胜利。

但这并非周弦的对局，而是围棋人工智能之间的较量：第七届世界围棋人工智能大赛，中国智海公司旗下的围棋人工智能“坐隐”和美国微谷公司旗下的围棋人工智能 DigitGo 在决赛相逢，无论是周弦还是坐在他对面的美国人比尔·格林，都只是为围棋人工智能在真实棋盘上落子的工具而已。事实上，围棋人工智能之间的对弈并不需要真实的棋具，但出于仪式感，人们仍为围棋人工智能设置了宽敞的对局室——

一套古色古香的中式桌椅位于对局室正中，桌面上摆放着价值不菲的榧木棋盘和中国云子。周弦和格林相对而坐，两人身侧各摆着一台浅灰色方桌，方桌上各放置一台二十八英寸的显示器，显示人工智能的落子位置。在两人的另一侧还摆着一张长条形的木桌，桌后坐着裁判长奎勒·琼森和记谱员莫尔森·卡宁，他们同样正襟危坐，凝视着前方在一个半小时内都未有动静的棋局。

自世界围棋人工智能大赛开办以来，微谷公司旗下的 DigitGo 已经拿下了六届冠军，无一败绩。而谁都没有料到，名不见经传的中国围棋人工智能“坐隐”会在第七届赛事中杀入决赛，并在决赛中将 DigitGo 逼入绝境——在“坐隐”出现故障之前，“坐隐”的黑棋已经将白棋一块三十七子的大棋牢牢围困，仅剩下只此一手的最后一击。

身为“坐隐”研发团队的领导者，周弦在开赛之前就预料到

“坐隐”将会在决赛中奠定不可动摇的胜势。和基于人类设计的训练机制进行自我对弈的围棋人工智能有所不同的是，“坐隐”并不遵循人类给定的训练机制，因为从一开始，“坐隐”研发团队就没有为“坐隐”提供任何训练机制——

依托全新的深度学习算法，“坐隐”为自己设计了训练机制，并根据自行创造的训练机制进行自我对弈，在这一过程中不断地改进自己的训练机制；换言之，作为人工智能，“坐隐”不仅拥有了学习能力，还掌握了学习如何学习的本领。

最后一次读秒开始，坐隐必须在三十秒内落子。

周弦的手自棋罐内拿出，紧紧拽住了西装下摆。

倒计时还剩十秒，电子女声开始倒数，周弦的额头渗出细密的汗珠。

女声计数到“六”，屏幕上，多了一颗黑子——

黑子落在了棋盘的横纵线条构成的方格之中。

陡然间，周弦眼前金星乱冒——

围棋棋子必须下在棋盘横纵线条构成的交叉点上；落于交叉点之外，属于无效落子，相当于投子认输。

“‘坐隐’中盘负。”裁判长琼森宣判了比赛结果。

“承让了。”格林用蹩脚的中文说。

周弦勉强挤出笑容，低头收拾棋子。两分钟后，周弦和格林走出对局室。过道两侧，闪光灯和快门声此起彼伏。周弦前往“坐隐”的控制室，工作人员为他驱赶簇拥上前的记者。走进控制室，五十平方米左右的房间内鸦雀无声，周弦顺着研发团队人员的目光看向控制室的大屏幕，瞬间怔住——

屏幕上显示着一个坐标，有着三个数值，且数值均为10。

这意味着，“坐隐”的最后一手棋，居然落在了一个三维坐标（10，10，10）上！

围棋棋盘纵横十九道，共形成19×19共361个交叉点。从数学的角度来看，围棋棋盘是一个二维直角坐标系，棋盘上的每一个交叉点都能被唯一的二维坐标所定义。因此，“坐隐”落子，相当于给出一个坐标，系统根据坐标将棋子显示在虚拟棋盘相应的位置上。而当“坐隐”给出一个三维坐标的时候，系统顿时陷入茫然无措的境地：一个二维直角坐标系，如何接纳一个三维坐标？面对三维坐标，系统出现了小幅度的崩溃，而“坐隐”这手棋，就此落到了毫无意义的交叉点之外。

“我需要调用‘坐隐’半小时前的行为日志。”周弦说。话音刚落，团队内的高级算法工程师赵若飞输入了一行命令，屏幕上的三维坐标淡出，取而代之的是一个缓慢转动着的立方体框架，框架内，横、纵、高三个方向的线条相互交错，彼此垂直，将立方体切割成一个又一个独立的小立方体区间。“这是三维直角坐标系……”周弦的声音微微颤抖，“或者说，是一个三维棋盘。”

“不仅如此。”赵若飞说道，按下回车。屏幕上，一颗黑子出现在了立方体正中，而在立方体最外围的一个面上出现了一百多颗棋子——倘若将这个面单独截出来，那便是“坐隐”下最后一手之前的决赛对局。

“‘坐隐’赢了，赢了一个维度。”周弦深吸一口气，转身走出控制室。

“在发布会上，您要怎么说?”赵若飞急切地问。

“如实说。”

“在决赛中，‘坐隐’下出了三维围棋。”

发布会上，周弦说出了他的第一句话。格林侧过身体，正对周弦，瞪大眼睛。台下的记者一片哗然，周弦不得不停顿片刻，等到台下略微消停后才继续说道：

“‘坐隐’没有接受任何人类设计的训练机制，而是在‘深度学习’之中自己生成训练机制。在日复一日的自我对弈之中，‘坐隐’的‘深度学习’发生了质的变化——

“它从根本上颠覆了之前的训练机制，为二维的围棋棋盘增加了一个维度。

“二维的围棋棋盘本质上是一个二维直角坐标系，若再为它加一根与之相垂直的坐标轴，我们就得到了一个三维直角坐标系，也就是一张三维棋盘。二维棋盘上，横 19 路，纵 19 路，共计 361 个交叉点；而在三维棋盘上，横 19 路，纵 19 路，高 19 路，19 × 19 × 19，一共有 6859 个交叉点。同时，二维围棋的所有规则，在三维围棋中依旧成立。

“从某种意义上来说，‘坐隐’之所以创造出了三维围棋，其实缘于我们的疏漏。我们向‘坐隐’输入了围棋规则，对于棋盘边数、玩家数目、胜利条件、禁着点等各种情况都做出了严格的规定，但唯独对棋盘的维数没有做出严格的限制——具体到实际操作，便是在代码层面，我们对棋盘的维数给出了一个不严谨的描述。这是一个不应有的疏漏，它来自我们认为围棋棋盘只可能是二维平面这一惯常的认知；但正是这一疏漏，给‘坐隐’的深度学习打开了更广阔的空间，使它得以突破维数的制约，创造出了三维围棋。

“从二维围棋上升到三维围棋，这就是‘坐隐’长考的内容。在初步掌握了三维围棋后，‘坐隐’将正在进行中的决赛对局视作一场发生在三维棋盘上的棋局。在‘坐隐’看来，决赛对局中所有的棋子都落在了三维棋盘最外围的一个面上，而对于这盘下在三维棋盘上的对局而言，当前最佳的一着绝非局限于二维平面，而存在于广阔的三维立体空间之中——

“于是，他的下一手棋，就落在了一个数值为（10，10，10）的三维坐标上；或者说，落在了三维棋盘的正中央。

“二维棋盘显然无法接纳三维坐标，因此系统不可能将这一落子正常地显示在二维棋盘上。最终，这一无法在二维棋盘上呈现的落子就出现在了棋盘的方格内部。”

“周先生，您真的……不容易。”格林的脸上浮现出古怪的笑容。

“蒙您夸奖。”周弦微笑着点了点头。

“能把输棋说得如此清新脱俗，古今中外，恐怕也只有您一个人了。”

“您不相信?”

“我是学者，相信实证，”格林说，“我会等您的证明。”

“我现在就能证明，”周弦说，“如果主办方允许的话，‘坐隐’就在这里为各位下一盘三维围棋。”

经过五分钟的短暂讨论，主办方同意周弦在发布会现场进行三维围棋的演示。又过了十分钟，位于控制室的“坐隐”研发团队完成了演示所需的系统设置，同时，发布会的讲台上架起了一块八十七英寸的大屏幕，通过无线网络与“坐隐”的控制室相连。一切就绪，位于控制室的赵若飞单击鼠标左键，“坐隐”开始按部就班地运行。

和周弦在控制室看到的画面基本一致，屏幕上出现了一个大型的立方体框架，框架内布满了纵横交错的线条；但有所不同的是，为了让观众看得更清楚，框架内的线条有加粗，线条交错所构成的交叉点即落子处用一个灰色小球标记。在完善了显示效果后，三维棋盘惊心动魄的复杂性得以呈现在全世界面前：一根又一根交错的线条排列成浩瀚的阵列，线条与线条之间的交叉点密密麻麻，由于透视关系的存在，明明彼此垂直或平行的线条大部分却相互倾斜或者重叠，数千个交叉点拥挤在屏幕上，以看上去极其无序的方式排列，就像有人在屏幕上撒了一把胡椒面，然后把这些胡椒面以直线相连，整个棋盘呈现出人类难以理解的庞杂与混乱。

一切就绪，对局开始。黑子落下，一个体积是顶点处灰色小球两倍大的黑色小球落在了棋盘偏左下角的一个交叉点上；0.5秒钟后，代表白子的白色小球出现，与黑子相距五个交叉点。黑白交替落子，棋盘上的棋子数目很快达到了二维棋盘所能容纳的最高数目，但在有着6859个交叉点的三维棋盘上，这些棋子在分布上仍旧相当稀疏。

“就到这里吧，”十五分钟后，周弦说道，“事实上，‘坐隐’在三秒钟内就已经下完了整盘棋，但为了能清晰地展现棋局进程，我们放慢了演示速度。”

“周先生，请容我提醒您：即使是三维的程序错误，那也是程序错误。”格林说道。

“就今天这盘棋来说，这就是程序错误，毫无疑问，”周弦对格林拱一拱手，“恭喜DigitGo又一次赢得了冠军。”

“请问二位，如果‘坐隐’在二维棋盘上再次与DigitGo相遇，你们认为结果会如何？”一名记者问道。

“在‘坐隐’学会三维围棋之前，它与DigitGo的对局就已经回答了您的问题，”周弦笑着说，“降维打击不仅适用于文明之间，在围棋的世界里也同样通行。”

“周先生，我本来不愿意在这个场合说出我的真实想法，但您的挑衅使我忍无可忍——恕我直言，三维围棋只是一个谎言，而‘坐隐’从头到尾都在所谓的三维棋盘上满盘乱下！”格林面色铁青地说，“事实就是，‘坐隐’被 DigitGo 逼出了一个复杂的程序错误，这并不耻辱，但也绝对不怎么高明。”

“格林先生，‘坐隐’究竟有没有乱下，我应该更有发言权吧，”一名坐在前排的青年说道，“我请求与‘坐隐’在三维棋盘上对局。”

青年名叫木可，来自中国，年仅二十岁，已斩获五个围棋世界冠军，在十七岁时击败韩国围棋第一人朴正梓，位居世界围棋职业棋手等级分排名第一位并保持至今，今年受邀成为第七届世界围棋人工智能大赛的解说嘉宾。两年前，作为当今世界围棋第一人的木可曾与当时的最强围棋人工智能 DigitGo 进行过一场人机大战，DigitGo 以 3∶0 的全胜战绩零封木可。这是人类职业棋手第三次以正式比赛的形式挑战围棋人工智能，而结果与前两次毫无差异——自从 2016 年 AlphaGo 以 4∶1 战胜李世石以来，在三尺棋枰，面对人工智能，人类已经失去了任何胜算。

“您能和‘坐隐’对局，是我们的荣幸。‘坐隐’随时随地恭候您的挑战。”周弦平静地说道，内心却雀跃不已。相对于请职业棋手来评判“坐隐”的棋局，由“坐隐”和职业棋手对弈显然更有说服力，并且在围棋的世界里，棋力的强弱本质上只能由胜负来证明。

“在下这盘棋之前，我有两件事要和您的团队确认一下，”木可说，“第一，能不能给我安排一款三维围棋对弈程序？三维棋盘几乎不可能在现实中被制造出来，所以要下三维围棋，恐怕只能靠电脑了。”

“您放心，绝对没问题。”

“第二，三维围棋显然要比二维围棋难得多，所以我需要一些时间来做研究，”木可挠了挠脑袋，“这段时间可能会比较长，希望您和您的团队能耐心等待。”

“我猜‘坐隐’也是这么想的。”周弦笑道。

“那就行咯，”木可走出发布会大厅，挥了挥手，“周先生，后会有期。”

木可之所以提出要和“坐隐”下三维围棋，来自职业棋手的本能冲动和对未知事物的强烈好奇。而当木可收到“坐隐”研发团队制作的三维围棋对弈程序，他就像是孩子收到新奇的玩具一般惊喜，在他眼前呈现的是一个前所未见的神奇棋盘，还有宛如电竞选手一般的下棋方式：

以 W、A、S、D 四键控制光标在三维棋盘中来回移动，从而控制棋盘在屏幕上的显示区域；通过按动鼠标右键并拖动鼠标，就能连续转换观察棋局的视角，而最常用的鼠标左键承担了落子的功能。整个操作复杂而又奇特，木可用了半个多小时才适应。

当木可试着在三维棋盘落子，他对于三维棋盘的复杂性才有了深刻的体会。要在三维棋盘上下一手棋，要穿越层层叠叠的平面，穿透纵横交错的线条，在星罗棋布的交叉点之间来回穿梭，最终才能找到心仪的选点；而视角一旦发生转变，棋盘在眼前的模样就会发生巨大的变化，不仅是屏幕所显示的棋盘范围发生改变，还有因透视关系的变动导致棋子之间的位置关系在二维屏幕上发生的变动，虽然实际上棋子之间的位置关系并未发生任何变化。

而当木可开始对三维围棋进行深入的研究，他才意识到自己完全低估了三维围棋的难度。三维围棋最艰深之处并非几何级上升的变化数量，而在于棋手永远无法全面地观察三维棋局。作为三维生物，人类能看到二维棋盘的全貌，包括任何一颗棋子与它周边所有棋子和空点的位置关系；而当人类观察三维物体的时候，人类所能看到的永远是三维物体的局部，就比如当一个人看到一张纸的正面时就不可能看到它的背面。因此，面对三维棋局，无论棋手的视角如何变化，他都永远不可能看到棋局的全貌，哪怕是一颗棋子的全貌——更严格地说，是不可能看到一颗棋子与其他棋子和空点的位置关系。于是，面对三维围棋，人类的视角始终受限，思考的困难程度就上升到了一个空前的层次。

面对巨幅增长的变化数量和永远受限的视角，木可心中产生了深刻的无力感和失控感。他感觉自己进入了一个极为浩瀚的迷宫，其中隐藏着近乎无穷无尽的未知领域；在第一周的研究之中，木可一无所获，绝大多数时间都在瞪着屏幕发呆，偶尔在棋盘上摆上几手，也完全没有章法可言。

转机出现在第十二天，那天下午，木可登录网络围棋平台“弈风”，以匿名对局的方式放松一下心情。棋局进展到第九十七手时，木可的白棋就已占据胜势，只消再花一手棋就能彻底完成对黑棋三十二子巨龙的封锁。木可正要点击鼠标落子，他忽然意识到这一幕似曾相识：当初，“坐隐”就是在这样的必胜时刻陷入长考，在长考之中以三维围棋的视角去审视二维棋局。所以，倘若自己站在“坐隐”的角度，将眼下的局面视作发生在三维棋盘上的对局，那么自己又会怎么下呢？

木可打开三维围棋对弈程序，将当前的棋局落子一一摆在三维棋盘最外围的一个面上。摆上最后一子的时候，木可在“弈风”的必胜之局被判超时负。五小时后，木可落子，这是他在三维棋盘上正式下出的第一手棋，而这手棋成为三维围棋研究的突破口——

当他站在三维围棋的视角审视二维棋局，便是强行将自己的思路从二维围棋向三维围棋转换，于是，他就打破了三维围棋和二维围棋之间的思维壁垒，继而找到了三维围棋和二维围棋之间的隐秘关联，正是这些关联为木可带来了三维围棋的一部分基本攻防手段。

两周后，木可在网上公布了自己的研究成果，通过程序自带的动画截取功能将他下出的攻防手段以三维动画的形式予以呈现。“这是从零到一的突破。”对于木可的研究成果，周弦在社交网络发表了自己的评论：“在本质上，任何棋类都是一类自洽的数学体系；三维围棋和二维围棋有着完全相同的规则，意味着两者在数学上必然存在着某种隐秘的联系，这一联系尚未被数学家以数学语言来表达，但已能被职业棋手所感知——这或许就是我们所说的‘棋感’吧。”

在职业棋坛，对三维围棋感兴趣的不只木可，中日韩共有两百多名职业棋手同时在研究三维围棋。当包括木可在内的职业棋手对三维围棋的研究日趋深入，他们就有能力解读“坐隐”在发布会上下出的那盘未完成的三维对局。职业棋手一致认为，当时“坐隐”绝非满盘乱下，但所掌握的也不过是木可在研究初期所下出的基本攻防；从周弦每周公布的“坐隐”的棋谱来看，“坐隐”的棋力增长速度与人类相近，而与当年的AlphaGo相距甚远。因此，大部分职业棋手认为，木可和“坐隐”的棋力在伯仲之间。

随着时间的推移，越来越多的棋手加入三维围棋的研究之中，但放眼棋坛，对三维围棋最用心的仍是木可。在研究三维围棋的这一年里，他平均每天花在三维围棋上的时间超过十二个小时，与此同时，在国内外棋战之中，木可的表现却一落千丈。在中国围甲联赛中，木可的年度胜率降至三成，而在世界围棋赛事“野狐杯”和“乌鹭杯”中，身为种子选手的木可两度脆败于朴正梓之手，当今世界围棋第一人的宝座已经岌岌可危。

“木先生，您如何评价您这一年来的战绩？”在木可与“坐隐”对局前的记者发布会上，有记者问道，“您即将与‘坐隐’的对决是否影响到了您这一年来的发挥？”

“这一年里最重要的棋还没下，你叫我怎么评价呢？”木可笑道。

“对您来说，和‘坐隐’对局比拿世界冠军还要重要吗？”

“棋手要下出自己的围棋，”木可说，“这就是我现在正在做的事情。”

“但您有没有想过，您的围棋，会不会下错了地方？”

“下错就下错吧！”木可笑容灿烂，“就算下错了，我也下出了自己的围棋。”

第二天，木可与“坐隐”的对局如期展开。双方用时各四十小时，时间耗尽后，进入一分钟共五次的读秒阶段。每天对局时长为八小时，上午和下午各四小时，分别于上午八点和下午两点开始，中间有两小时午休时间。对局室是一间六十多平方米的房间，居中是一桌、一椅、一台计算机，计算机内安装有三维围棋程序；在距离这副桌椅约一米远的地方是裁判席，也是一桌、一椅、一台计算机。由于对局只能通过计算机程序这一虚拟媒介进行，因此对局室的装陈设计不再遵循典雅的中式风格，而采用了简约的北欧设计：黑白色调，线条利落，带有隐隐的科幻感。

上午八点，对局开始，双方猜先。猜先的流程效仿了人类围棋规则，由“坐隐”随机生成一个介于1—3430之间的自然数——3430是三维棋盘交叉点数目除以二后再四舍五入取整得到的数字，然后让木可猜测这一自然数是单数还是双数，若猜对，木可执黑；反之，木可执白。木可单击左键，在棋盘上摆上两颗黑子，代表双数；半分钟后，屏幕上显示数字42——

猜先结果：木可执黑，“坐隐”执白。

木可整理了一下西装衣襟，挺直背脊，左手置于键盘 W、A、S、D 四键上方，右手轻轻握住鼠标。“对局开始。”电子女声响起，紧接着电子钟开始计时。木可操纵键盘鼠标，调整视角和光标位置，一分钟后，双击鼠标左键，落下一子。

全天八小时的对局，木可目光平静，面无表情；除了双手因操纵键盘、鼠标而略有移动之外，木可的身体几乎纹丝不动。在与“坐隐”的对局过程中，木可感到自己置身于棋盘内部，在纵横交错的线条之中来回穿行；但同时，他又感到自己的身体处于静止状态，以他的身体为基准，棋盘的纵横网格和落在交叉点上的棋子在他的眼前旋转、平移；两种认知并不冲突，各自独立却又相互兼容，以各自的参考系向木可展现完全相同的棋局进程，并且屏蔽了棋盘之外的世界——

当木可的感官身处三维围棋内部，主观意识就停止接收来自棋盘外部的信息；三维棋盘的无形边界变成了一堵看不见的墙，将木可困在了这处体积未知但显然十分有限的空间。但木可并不觉得逼仄，相反，眼前的空间比他去过的任何地方都来得广阔。这一错误的空间感并不仅仅缘于三维棋盘的错综复杂，更是因为三维棋盘内部蕴藏着 6859！[①] 之巨的变化——它们赋予空间以更为宏伟的意义，并被木可清晰地感知。

当天对局中止的瞬间，木可的腰部一下子塌了下去。赛后木

① 6859！：6859 的阶乘，即 6859 × 6858 × 6857 × 6856 × 6855……依次类推，直至乘以 1。

可接受了记者的短暂采访，憔悴的他露出了调皮的微笑：

"'坐隐'很强，但我觉得自己还有机会。请大家放心，本人还可以一战。"

当天晚上，困极了的木可却彻夜失眠。闭上双眼，身体再度置身三维棋盘之中，与"坐隐"的对局按照落子的顺序逐渐浮现，并且在未经主观意识的指引下自行演绎出后续进程。意识仿佛融化进了棋局之中，在似睡非睡之间变得逐渐模糊，天亮的时候，木可睁开眼，脸上露出了酸涩的苦笑——

这一夜过得如此疲惫，仿佛下了一整夜的棋。

从卧室到对局室，木可感觉自己的身体正在以加速度不断下坠，但是他脚下的地面仍旧坚实地支撑着他的身体，于是下坠的感觉和真实的物理空间产生了无法调和的矛盾，坐立行走无不艰难；而在旁人看来，木可憔悴到了极点，看上去根本不足以坚持一整个白天的对局。然而，当裁判长琼森宣布续战的时候，木可突然挺直了背脊，无神的目光陡然间变得平静而专注——

木可感觉自己的下坠戛然而止，身体坠落在了三维棋盘之中。

下午六点，当天对局结束，木可原本挺直的身体整个蜷缩起来，过了五分钟才踉跄着走出对局室。当晚，木可沉沉睡去，无梦地睡了一夜。然而到了第三天晚上，木可再度失眠，棋局又一次在似睡非睡之际于头脑中展开，翌日，他重复了对局第二日的精神状态：

下棋时全神贯注，但在棋局之外，身心接近崩溃的边缘。

当天晚上，木可无梦地睡了整宿；翌日晚上，再度失眠。熟睡与失眠交替，而木可与“坐隐”的对局逐渐进行到尾声。午休之际，观赛的职业棋手们一致判定，木可已经确立胜势。下午两点三十二分，木可落下第 3671 手后，无论是当局的木可还是观赛的职业棋手都得出了一个共同的判断——

有此一手，黑棋的胜利已经不可动摇。

“回顾整盘棋，从头到尾，木可都压着‘坐隐’一头，”韩国围棋第一人朴正梓在网络解说时说道，“在二维围棋棋盘上，人工智能早已碾压人类，但木可以一场胜利证明，在更广阔的棋盘上，人类的智力仍旧凌驾于人工智能之上。”

话音刚落，“坐隐”落子，落于（12，13，17）。“这手棋倒是出人意料，”朴正梓笑道，“不过，这只是‘坐隐’最后的负隅顽抗了。”说着，朴正梓移动鼠标，缓慢地切换视角，不知不觉之间，他的笑容逐渐凝固，不自觉地发出了哑声的惊呼。与此同时，在中国棋院的研究室内，原本愉快的氛围迅速消失，在令人压抑的沉默中，众人惊恐地凝视着屏幕上的棋局——

此刻，一条 282 子的黑色巨龙突然岌岌可危，原本死透的 317 颗白子借尸还魂，黑棋右下围出的五百目大空[①]变得支离破碎，而白棋右上单薄的势力得到掩护，一块千目大空隐约围成——

这一切的发生，都缘于落在（12，13，17）的这颗白子。

---

① 空：围棋术语。指棋子围成的地域。

古往今来，围棋中最玄妙深奥的思想之一，是来自围棋大师吴清源先生所提出的“六合之棋”——

> 阴阳思想的最高境界是阴和阳的中和，所以围棋的目标也应该是中和。只有发挥出棋盘上所有棋子的效率那一手才是最佳的一手，那就是中和的意思。每一手必须是考虑全盘整体的平衡去下。①

而现在，“坐隐”在三维棋盘上将这一思想演绎到了已臻化境的地步：

一颗白子辐射整个棋盘，一共6859个方位，全在这颗白子的影响之下！

木可仍旧保持端坐，面无表情。在长达数十个小时的对局之中，他将自己的全部心智都投入到了棋局之内，因而他的意识并没有为情绪留下任何空间，从而保持着绝对的平静。当“坐隐”仅以一手棋就逆转全局的时候，木可清楚地意识到失败已经无可挽回，然而他不明白的是自己为何失败，而且失败得如此突然。

在木可看来，这逆转胜负的妙手可能是“坐隐”所罗织的陷阱的最终环节，是图穷匕见的最后一击。倘若真是如此，那么自己究竟是在什么时候掉进陷阱里的？是在五十手前、一百手前，还是在更早的时候？

---

① 摘自吴清源：《中的精神——吴清源自传》，王亦青译，中信出版社2003年版。

一小时后，木可认输。在单击屏幕上“认输”按钮的瞬间，木可头歪向一边，沉沉睡去。“让他睡吧，”裁判长琼森对工作人员说，“发布会在半小时后开始，到时候再叫醒他。”

发布会开始，木可缺席。被叫醒后的他仍旧疲惫得几乎无法行走，很快又在对局室睡去。在发布会上，周弦一个人坐在台上，向媒体公布了“坐隐”在棋局的不同阶段所预测的胜率数据：

前五手过后，木可所执黑棋的胜率从开局时的 52.12% 跌至 37.00%；三十手后，黑棋的胜率始终低于 0.2%，最低时降至 0.08%；当木可下出第 3671 手——这手棋被包括木可在内的众多职业棋手视为奠定胜局的一手，黑棋的胜率降至全盘最低，仅为 0.01%。

换言之，根据“坐隐”的评估，序盘不久，木可的黑棋就已经陷入了巨大的劣势，而木可的优势不过是人类因棋力远逊于“坐隐”而产生的虚假错觉。在发布会的大屏幕上，“坐隐”向观众演示了棋局接近尾声时未被下出的几种情况，无论木可抢先占据（12，13，17），还是下在棋盘的其他位置，木可都将迎来惨败的结局。

在发布会大厅的最后一排传来了零星的掌声，众人回头，居然是木可在鼓掌，他不知何时出现在了发布会大厅。“能输给‘坐隐’，这辈子都值了。”木可说，笑容真诚。

“木先生，‘坐隐’之所以能赢您，是因为它站在了四维的视角来看待棋局，”周弦说，“对您而言，这是另一种形式的‘降维打击’。”

木可愣住，呆若木鸡。同时愣住的，是位于发布会现场和收看发布会直播的千万名观众。周弦放慢语速，提高音量，尽可能让现场每一名观众都能听清楚——

“身为三维生命体，我们永远只能看到三维物体的局部，就比如我们最多只能同时看到一个立方体的三个面；因此，当我们面对三维棋局，我们永远只能看到三维棋局的局部，永远无法把握棋局的全貌。倘若要看到三维棋局的全貌，我们就必须从三维空间上升到四维空间，像二维生物要进入三维空间才能看到二维图形的全貌一样。

“对于三维生命体而言，我们永远不可能进入四维空间，但是对于人工智能来说，情况却有着微妙的不同。人工智能的本质是一系列算法，而算法的本质是一系列由 0 和 1 组成的二进制信息；对于二进制信息来说，它并不会受到空间和维度的限制——

“所以，人工智能就有可能摆脱三维现实空间的束缚，通过纯信息的方式创造出四维的视角。

“第一个发现‘坐隐’以四维视角看待三维围棋的人，是我们团队的高级算法工程师赵若飞。早在‘坐隐’下出三维围棋的第一天，赵若飞就通过‘坐隐’的行为日志发现了它正在学习四维视角的蛛丝马迹，然而包括木人在内的其他团队成员都没有把他的结论当一回事。而随着‘坐隐’深度学习的持续进行，越来越多的证据表明赵若飞是对的：从‘坐隐’下出第一手三维围棋开始，它就试着掌握在四维视角下观察三维围棋的能力，在学习过程中，‘坐隐’处于一种既非三维视角又非四维视角的尴尬状态，因此它的棋力始终徘徊在较低水平，并且进步缓慢；而当‘坐隐’完全掌握了四维视角，它就彻底看到了三维围棋的全貌，于是棋力就有了质的飞跃——而这一根本性的变化，发生在与木可对局的前一天。

“以上所有内容都能通过‘坐隐’的行为日志予以证明，今晚八点，我们团队将公开‘坐隐’的行为日志。在三维视角下，木可已经做到了人类棋手的极致——只是这一次，他的对手站在了更高的维度。”

周弦说完后，现场陷入了短暂的沉默。木可伸了一个懒腰，脸上浮现出卸下所有疲惫的轻松：“我啊，还是去下三维生物搞得懂的围棋吧。”在记者长枪短炮的注视之下，木可转身出门，留下了一个瘦削的背影，直到这时周弦才发现，这十天里，木可瘦了整整一圈。木可出门后，记者的提问纷至沓来，原本安静的会场一下子热闹起来——

“在以‘降维打击’战胜木可后，智海公司的市值会不会大幅度提升?”

“经此一战，智海公司是否已对微谷公司造成‘降维打击’?”

“贵公司 CEO 赵子华先生曾声称要打造全世界最强的 AI 企业，那么‘坐隐’的成功，是不是实现这一宏大愿景的坚实一步?”

…………

面对这些问题，周弦苦笑着摇了摇头。眼前的这些记者有着敏锐的新闻嗅觉，但他们的问题全都集中于商业领域，而无关围棋与科学。“感谢各位对智海公司的关心。”周弦露出了礼节性的微笑，“我相信，智海公司会越办越好。”

十年后。

周弦坐在“坐隐”的控制室内，脑袋萎靡地歪向一侧。时过境迁，当年那个英俊的青年如今已变为颓唐的中年人，此刻正疲惫地注视着屏幕。自从“坐隐”以最低水平运行以来，每个工作日，周弦都会一连好几个小时地陪伴“坐隐”。坐在这间逼仄的房间里，他常常会回想起十年前“坐隐”下出第3672手的瞬间，那是周弦职业生涯最高光的时刻，也是智海公司蓬勃发展的序曲——“坐隐”战胜木可后，智海公司得到的融资金额是预期的将近五倍。彼时，周弦踌躇满志，将“坐隐”的成就视作自己职业生涯全新的起点，并相信他的事业将从此迈向更高的台阶。

然而当时的周弦还不知道，他和智海公司都已到达了各自的巅峰，等待他们的是急遽的滑落。“坐隐”战胜木可之后，周弦领导的“坐隐”研发团队得到了近乎予取予求的资金供给，而他们的主要研发目标是将“坐隐”变现。谷歌公司旗下的DeepMind公司研发AlphaGo的根本目的并非围棋本身，而是要将AlphaGo的深度学习技术用于医疗领域；同样地，周弦和他的团队要将“坐隐”应用到能够带来实际收益的商业领域，才能真正让“坐隐”为公司创造价值，而这也正是“坐隐”能为智海公司带来巨额融资的根本原因。

当周弦和他的团队雄心勃勃地踏上“坐隐”的变现之路，他们很快就遇到了瓶颈。要实现“坐隐”在商业上的应用，周弦和他的团队首先要理解“坐隐”的算法和数据。然而自从“坐隐”掌握了三维围棋，它的算法就变得极其庞大复杂而难以理解；在自我对局所生成的棋谱和行为日志之下，其蕴藏着的海量数据绝大部分都如同天书。

但是包括“坐隐”研发团队在内的公司上下并没有因此而气馁，相反，眼前的阻碍使得整个公司都陷入到了狂热的期待之中：正因为“坐隐”已经变得神秘莫测，所以一旦能够解码“坐隐”，那么智海公司的收获将会超乎想象。

三年时间倏忽而过，对于“坐隐”的解读工作完全没有任何进展，巨额的投入没有换来任何学术成果，更遑论实际的商业收益。由于公司将大量资源投进了“坐隐”，公司的其他业务部门备受冷落，公司业绩因此大幅下滑，从小有盈利走向日益亏损。“坐隐”战胜木可的第四年，智海公司的管理层开了一个将决定公司命运的会议，会上有半数高管认为应暂时停止对“坐隐”的投入，壮士断腕，谋取新生；但还有半数高管认为应继续向“坐隐”投资，理由不仅是因为已经投入进去的沉没成本。

智海公司的大部分市值和它所吸纳的大部分融资都是靠“坐隐”的盈利潜力带来的，倘若此时放弃“坐隐”，意味着投资撤离、市值暴跌，公司前景一落千丈；因此眼下公司要做的，就是加大对“坐隐”的投入，并向投资人隐瞒现状，捏造虚假的研究成果。这是一场没有退路的豪赌，赌的就是在泡沫被戳破之前能否破解“坐隐”并实现“坐隐”在商业上的应用，倘若赌赢了，智海公司将前途无量；倘若赌输了，智海公司就将无可挽回地走向深渊。

这场会议开了一天，最终，CEO 赵子华拍板决定赌下去。赌局在四年后有了结果——

他们输了，而且输得极为惨烈。

“坐隐”战胜木可的第八年，媒体曝光了智海公司的真相：智海公司不仅连年亏损，并且在“坐隐”的商业应用研发领域毫无进展。对于投资人来说，他们完全无法接受智海公司七年来在“坐隐”的变现方面毫无建树，并且以商业欺诈的方式辜负了投资人的信任。投资人不仅纷纷撤资，还要求追偿已经被智海公司“烧掉”的投资，在经历漫长的诉讼之后，智海公司被迫兜售大量核心部门以赔付投资人，市值跌幅超过九成。

“坐隐”并没有被卖出，因为无人愿意接盘；但无论如何，“坐隐”仍旧是智海公司最高的技术标杆，因此不能被完全放弃。“坐隐”的控制室从三百平方米的大厅转移到了仅二丈见方的杂物室，服务器数量从鼎盛时期的二十一台减少至仅剩一台，在这个无人问津的幽暗角落，“坐隐”能使用的算力只够让它维持在最低水平运行。“坐隐”研发团队被彻底解散，团队中的大部分成员被辞退，而对于使智海公司登上顶峰又坠入深渊的主要肇始者周弦，智海公司的管理层给出了特别的辞退方式：

人力资源部给了他一份接近全市最低工资标准的薪水，以一种羞辱性的方式逼迫他自己辞职。

但是周弦接受了这份薪水，这出乎智海公司高管们的意料。智海公司 CEO 赵子华为此烦恼了五分钟，然后决定在彻底架空周弦的情况下聘用他——公司的境况虽然很糟，但也不至于计较每月这么一笔微薄的支出。在智海公司，周弦无事可做，连像样的工位都没有，每天就坐在杂物室，一个人孤独地面对着屏幕。

这是一个寻常的午后，周弦在漫长的回忆之中昏昏欲睡，就在他的双眼几乎完全合上之前，他看到屏幕上跳出了一个坐标，坐标有着四个数值——

（8，15，5，12）

这是一个四维坐标。

周弦愣了半晌，一瞬间睡意全无。他检索了“坐隐”的行为日志，发现了令他极为惊骇的事实：

即使以最低水平运行，“坐隐”也从未停止过深度学习，在漫长的学习过程中，“坐隐”下出了第一手四维围棋。

与二维棋盘和三维棋盘类似，四维棋盘是一个四维直角坐标系，要描述一个交叉点的方位需要四个坐标。

四维棋盘上，横 19 路，纵 19 路，高 19 路，加上第四个方向上的 19 路，19×19×19×19，一共有 130,321 个交叉点。

周弦飞快地输入了一行命令，调出了一张四维棋盘，更确切地说，是四维棋盘在三维空间的全部截面。三维棋盘在二维空间的全部截面是十九张二维棋盘，十九张二维棋盘在一个更高的维度——也就是第三维上彼此相连。同理，四维棋盘在三维空间的全部截面是十九张三维棋盘，十九张三维棋盘在一个更高的维度——也就是第四维上彼此相连。于是，十九张三维棋盘排列在一起，这便是四维棋盘在三维空间中的模样，只是人类永远无法观察到它们是如何通过第四个维度相互连接的。

一分钟后，周弦得到了一张四维围棋棋谱，接着，他写了一份情况简报，并将简报附上四维棋谱和“坐隐”的行为日志，发送给了智海公司的技术部门和公司高管。一周过后，周弦发送的文件如泥牛入海，没有得到任何回应。“今后请不要骚扰我们的技术部门，”第十天的时候，周弦收到了 CEO 赵子华的邮件，“周先生，拜托了。”

“坐隐”下出四维围棋的第十二天，它已通过自我对弈的方式生成了一万七千多张四维棋谱。周弦将这一万七千多张四维棋谱和“坐隐”在这十二天里的行为日志向全世界公开，不仅在学术界引起了轩然大波，也因四维围棋所具有的新奇属性而吸引了大量媒体的关注。但“坐隐”的热度并没有超过普通的新闻热点，只过了不到一周，“坐隐”再一次淡出了人们的视线——

学术界没有能力解读下出三维围棋的“坐隐”，更遑论下出四维围棋的“坐隐”和它的四维围棋。面对注定无法理解的事物，学术界对它的关注和兴趣终究有限。而在围棋界，四维围棋也曾一度引发了强烈关注，但和学术界一样，面对无法理解的事物，大家对其的态度也就仅仅停留于惊奇而已。放眼职业棋坛，对“坐隐”和它的四维围棋保持着浓厚兴趣的只有木可一人——十年的时间里，木可恢复了正常的训练，牢牢锁定着世界围棋第一人的位置，但在比赛和训练之余，他仍旧会翻阅当年的三维围棋棋谱，并不时地搜索“坐隐”的动态；在得知“坐隐”下出了四维围棋之后，他立刻联系周弦，拜托他每个月给自己发送一张“坐隐”的四维围棋棋谱。在各个场合，木可不时会提及四维围棋的复杂与神秘，甚至在领取世界冠军奖杯的颁奖典礼上公开表示，相对于“坐隐”的四维围棋，自己所拿到的奖杯不过是小儿科罢了。

全世界对“坐隐”的忽视令周弦沮丧，但周弦仍旧坚持陪伴“坐隐”。有时候，连周弦自己都感慨，自己居然真的坚持了那么久。当周弦接受了智海公司所开出的羞辱性的工资之后，他收到了二十多份来自各大 IT 公司的聘用邀请；在这些年里，他完全可以在任意一个时间点上离职，在比智海公司更有前途的企业担任技术骨干。周弦曾一度认为，自己的坚持缘于对自己所创造的事物产生的难以割舍的情感，但这似乎还不足以让他忍受着奚落和孤独，苦苦支撑到现在；日复一日，当周弦在孤独和寂寥之中频繁地反刍着回忆，他终于为自己的坚持找到了原因，这一原因始于他在少年时做出的选择，而这一选择最终改变了他一生。

十二岁那年，周弦在全国少儿围棋公开赛中拿到第一名，俨然将成为未来棋坛一颗耀眼的新星。彼时，有七名资深的围棋教练在公开赛当天亲自找周弦面谈，而在这七名教练中，有两人是名震四方的前国手。在外人看来，周弦的人生轨迹是确凿无疑的：进入围棋道场集训，参加职业围棋定段赛，成为职业棋手，将围棋视为自己一生的事业。

但只有周弦和他的父母知道，此刻的周弦正面临着痛苦的选择。幼儿时就开始学棋的周弦从小就展现出了强大的围棋天赋，但他同时又对数学和计算机产生了浓厚的兴趣。入学后，周弦的文化课一直名列前茅，数学成绩长期保持年级第一，并在各地的少儿编程大赛中屡屡获奖，在他的数学老师看来，周弦未来将成为优秀的理工科人才。在小学二年级的时候，年幼的周弦有了一个缥缈但又确定的梦想：以自己的智慧，创造出一台属于自己的人工智能。

但这只是周弦的梦想之一，他的另一个梦想与围棋有关。自从五岁时第一次接触围棋，他就爱上了这一简洁而又复杂的游戏；第二年，周弦考上业余五段，领取证书的那天他握紧双拳，郑重地对父母说，自己有朝一日一定会拿到围棋世界冠军。现在，当他拿到了全国少儿围棋公开赛第一名，向围棋世界冠军的梦想迈进了一大步，却开始纠结到底要不要继续往前走——

再往前走，就意味着他要放弃绝大部分学业，彻底与创造人工智能的梦想无缘；而倘若他不进入道场学棋，那么他的棋力将被那些在道场全天学棋的孩子快速甩开，彻底断绝职业围棋的道路。从小怀揣的两个梦想发生了尖锐的冲突，而周弦必须在二者中择一。他向父母求助，希望父母为他定夺，但他的父亲只是微笑地告诉他——

儿子，这是你的人生。你要自己选。

周弦最终放弃了职业围棋的道路，将自己的梦想彻底锁定于人工智能。这并不是一个多么坚定的选择，只是在最终做出决定的刹那，他的情绪微微摇摆向了人工智能这一侧；倘若在做决定的时刻，有人跟他多说了一句无关紧要的话，或者是天气比当时更加晴朗，他就完全有可能做出另一种选择。初中毕业，周弦毫无悬念地考入全省最好的高中，三年后考取了清华大学计算机系，毕业后就职于智海公司，带领团队创造了围棋人工智能“坐隐”。直到现在，当坐在这间无人问津的杂物室里，他才意识到，“坐隐”不仅是他的一项发明创造，还有着深远得多的意义：

他创造的人工智能下出了人类永远无法下出的围棋，这意味着他童年的两个梦想以一种合二为一的方式被完美地达成。

这便是自己无法割舍“坐隐”的原因，在潜意识里，他早就将“坐隐”视作自己的梦想本身。“坐隐”是他前半生所有努力和执念的成果，镌刻着他自童年伊始就坚守的初心；他之所以陪伴“坐隐”，只是在守护着那虽已实现却变得千疮百孔的梦想罢了。

就在“坐隐”下出四维围棋的那一年，危机四伏的智海公司最终还是到了倒闭的边缘，山穷水尽的赵子华决定永久关闭“坐隐”，并驱逐整天窝在杂物室里陪伴“坐隐”的周弦。“拜托你，再让它下完最后一盘棋。”面对前来关闭“坐隐”的技术员，周弦央求道。“周老师，没想到你也有这一天。”那名技术员冷笑道。直到这时，周弦才认出对方是十年前申请加入“坐隐”研发团队，但被周弦拒之门外的技术员刘磊，没想到十年来他一直对此耿耿于怀。“十年河东哪，十年河西。”刘磊说着，一把推开周弦，探过身子就要关闭“坐隐”服务器的电源，却被周弦一把拉住：“求你了，就半分钟。”

刘磊眯起了眼睛，上下打量着周弦，他的嘴角越咧越开，仿佛是在沉默地大笑：“行，成全你，就半分钟。”

周弦紧紧盯着屏幕，像是要把屏幕上的数字和曲线铭记于心，此刻他正在与“坐隐”作最后的告别。半分钟即将过去，“坐隐”的对局行将结束，就在这时，周弦突然发现自己忽略了一个极为重大的事实：

这盘棋，并不是“坐隐”自己和自己下的。

开局伊始，“坐隐”的自我对弈功能根本就没有启动。

换言之，“坐隐”有了一个对手——

一个会下四维围棋的对手。

“喂，时间到了。”刘磊说，接着麻利地按下服务器的电源开关。在关闭开关按钮的咔嗒声响起的时候，周弦看到了对局的最终结果——

“坐隐”惨败，输了整整两万目。

然而屏幕并没有暗下去，“坐隐”仍旧在流畅地运行着。刘磊又重复按动了几次按钮，服务器上的 LED 灯仍旧闪烁着幽幽的红光。“真是见鬼了。”刘磊嘟哝着，伸手拔掉了服务器的插头，但是情况仍旧没有发生丝毫的变化——

“坐隐”仍在运行，屏幕上不断变动着的数字和曲线仿佛是冷峻而又沉默的嘲笑。

就当刘磊在恐惧与震怒之中呆若木鸡的时候，智海公司所处的整栋办公大楼突然响起了巨大的喧哗。刘磊冲向门外，周弦站到了门槛的位置，透过走廊的窗户，两人看到了匪夷所思的景象：

天空中陡然出现了一个硕大无朋的黑色立方体，它的一小部分隐于地平线下，另一部分遮蔽了小半个天空，此时的太阳就仿佛镶嵌在这个立方体上的一个小小光斑。在这令人窒息的立方体面前，人类的城市显得如此渺小而脆弱，像是随时会被这个立方体所压垮。就在这时，立方体的六个面上出现了两行白色的汉字，几乎撑满了整个平面——

我们来自四维空间

我们要求再下一局

在巨型立方体出现的头一个小时内，人类社会陷入巨大的混乱之中。不计其数的人出现了包括尖叫、晕厥、精神失常等轻重不一的应激反应，从而导致社会运转骤然停顿，引发的灾难遍及全球。公路车祸不断，列车频繁出轨，飞机接连失事，成千上万的基础设施供应突然中断……在立方体出现的头一小时，因突如其来的混乱造成的死伤数以百万。

在经历了最初的惊惶之后，各国的天文台迅速对立方体进行了观测。共有两个立方体降临人类世界，各自出现在南、北半球两侧，它们与地球的距离约四十万公里，基本与地月距离相当；边长为十四万公里左右，与木星的直径相近。两个立方体的上、下表面分别与地球纬线平行，中心正对地球的南、北两极，以和地球自转相同的方向和速度自转，因此与地球表面达成了相对静止。无法检测到来自这两个立方体的引力效应，由此推断它们质量极小或者根本就没有质量，因此，它们就像是悬浮于天地间的一个巨大幻影，但纯黑的表面又使得它们显得稳固而坚实。

在立方体出现的十五分钟后，各国政要与相关专家在联合国统筹下召开线上紧急会议，共同商讨如何与立方体进行接触。对于立方体表面呈现出的两行文字，与会人员认为，倘若这两个立方体确实来自四维空间，那么它们就是四维超立方体在三维空间的正截面——

当一个正放的三维立方体穿过二维平面，二维平面上就会突然冒出来一个正方形；同理，当四维超立方体自四维空间“降落”到三维空间，就会有一个立方体凭空出现在了三维空间之中。

但令与会人员难以理解的是立方体表面所显示的后半句话：我们要求再下一局。从字面意思来看，控制立方体的四维生物要求和人类下一盘棋，并且在此之前，他们已经与人类进行过对局；

然而人们并不知道对方究竟要下的是哪种棋类，也不知道之前发生过的对局是怎么回事。为了理解这后半句话，各国迅速派出人员进行调查，二十多分钟后，来自中国的调查人员找到了“坐隐”的主要创始人周弦。周弦被接入联合国的线上会议，向各国政要报告了自己所目击的两桩异象：

1. “坐隐”在四维围棋的对局中遇到了对手。

2. “坐隐”在断电后仍旧正常运行。

异象之一的证据是“坐隐”的行为日志，这一证据很快就得到了与会专家的验证。异象之二的证据是现场所拍摄的照片，在检测后被证明并无图像处理的痕迹；以及，刘磊作为人证也被接入了会议，战战兢兢地承认自己就是关闭“坐隐”电源的那个人。

周弦的报告结束后，他受邀成为会议的正式参与者。在会上，周弦屡被提问，然而对于诸如“‘坐隐’如何下出四维围棋”“超维人以怎样的方式与‘坐隐’建立联系”等之类的核心问题，周弦和所有人一样一无所知。对立方体来到地球的动机，与会人员展开了激烈的讨论，最终达成了大致统一的猜测：

“坐隐”掌握四维围棋的事实，经过某种未知的渠道被某一个存在于四维空间中的高级文明所知晓。由于这一文明凌驾于人类置身的三维空间，因此，与会人员将这一文明命名为“超维人”。超维人通过人类未知的方式与“坐隐”对弈，并以人类所无法理解的力量阻止“坐隐”被关闭。而为了能与“坐隐”无障碍地对局，他们降临到了人类世界。这一立方体可能是他们的飞船，或者是与人类接触的工具。

各国首脑同意起草一份代表全人类的声明，声明将表达人类社会对超维人的善意，并确认超维人的动机。倘若超维人的动机与人类的猜测相符，那么人类将无条件地使“坐隐”保持运行状态。约半小时后，声明的正文完成，在文中，超维人被称为“来访者”。声明被翻译为联合国六大工作语言，并将通过无线电波向立方体持续播报。就当联合国工作人员即将按下播报按钮的时候，立方体表面的汉字发生了变化——

不用

能看的

从立方体的回应来看，超维人措辞生硬，表意模糊，对于汉语的掌握十分生疏。在经过了与会专家的讨论后，这句话的含义得到了如下解读：正如三维人类能够看清二维图形的全部细节，三维物体对于四维生物来说同样一览无余。四维生物不仅能看到三维物体的全部表面，还能看到三维物体内部的所有细节。正因为如此，在声明播报之前，超维人就已经看到了声明的全部内容。基于此，与会的专家猜测，其实人类并不需要通过无线电波向立方体“嚷嚷”，只需要正常说话，就能与立方体进行交流。

“来访者，对于我们的声明，您怎么看?”联合国秘书长戴维·特纳向立方体发问。

半分钟后，立方体回复道——

我要他最大运行

“我申请与超维人对话。”周弦向与会的政要们发出请求，三分钟后，他的请求得到了许可。眼下，相较于全球政要，创造“坐隐”并且目睹两桩异象的周弦更有资格与立方体对话。

“来访者您好，我是‘坐隐’的创始人之一，”周弦说道，“您的意思是，您需要‘坐隐’以最高水平运行？”

过了片刻，立方体予以回应——

是

“要‘坐隐’以最高水平运行，所需要的算力极其庞大，初步估算，需要动用人类世界 70% 的超级计算机。”

立方体沉默了半晌，回复道——

计算机

我要全部

“您的意思是，要动用全世界所有的计算机来为‘坐隐’提供算力？不，这没必要，全世界 70% 的超级计算机就已经达到了‘坐隐’对于算力的需求上限。”

立方体开始无规则地旋转，看上去像是在进行着某种愉快的舞蹈；约两分钟后，立方体恢复原位，六个面上呈现出新的回复——

> 我相信你和你们
>
> 最大运行

“他的意思已经很清楚了。”周弦对与会人员说。

“这意味着对方征用了全世界大部分的超级计算机？”联合国秘书长戴维·特纳问道。

“是的，并且他表达了对我们的信任，”周弦说，“如果他不信任我们，恐怕他会要求征用包括手机和计算器在内的所有算力设备。”

“我们暂时无法接受这样的要求，”美国总统霍姆·奥登说，“我需要和国会讨论，确认我国的超级计算机能为中国的人工智能服务。”

奥登话音未落，六个边长为三千米的黑色立方体出现在了美国首都华盛顿的上空。它们呈“一”字形排列，相互间距约五百米，距离地面约一万米的高度。和中心正对南、北两极的立方体相比，它们的体积要小得多，但是后者对人类造成了直接的威胁——

它们正在以地球的重力加速度向下坠落。

显而易见，这六个相对较小的立方体不再是虚幻的存在，而有了实际的质量；它们掀起的乱流摧毁房屋，拔起树木，仿佛超强台风过境。约四十五秒后，这六个体积为二十七立方千米的立方体将会以每小时约一千六百公里的速度砸向华盛顿。就在六个立方体向下坠落期间，美国总统在警卫的护送下撤往白宫地堡，与此同时，包括美国在内的各国政府都批准了对本国超级计算机的征用权限。

六个立方体停止坠落，悬停在距离地面约两百米的上方。在如此近的距离，幸存的华盛顿市民只能看到六个立方体的底面，目之所及，是一片黑色的向四周不断延伸的平面。接着，两大六小共八个立方体的表面同时出现了两行字迹——

质量任意

不止六也可以无穷

超维人的话迅速得到了与会专家的解读，他们认为这是一则意味深长的警告。“质量任意”四个字是在告诫人类，四维超立方体在三维空间中的截面可以被赋予任意质量，这就是六个较小的立方体拥有质量的原因。但更令人胆寒的是后一句话，它暗示了能毁灭整个宇宙的致命打击：

用一个二维平面切割一个三维立方体，会截出无穷多个形状为正方形的截面，这些数量无穷多的正方形将铺满任何一个哪怕是无限长无限宽的二维空间；同理，用三维空间去切四维超立方体，能截出无穷多个形状为三维立方体的截面，这些三维立方体将充斥任何一个哪怕是无穷大的三维空间——换言之，倘若一个四维超立方体要完整地在三维空间里展开，就意味着整个三维空间都会被这个四维超立方体所吞噬。

“来访者，我们将接受您提出的所有要求，”在经过了短暂的讨论后，联合国秘书长戴维·特纳向立方体说道，“由于超级计算机之间的远程连接需要时间，请给我们足够的时间做准备。”

六个较小的立方体骤然消失，两个大立方体做出回应——

我等

立方体出现的当天，对局的筹备工作紧锣密鼓地展开。经过详细计算，要使“坐隐”以最高水平运行，所需要的超级计算机数量和之前所预估的数量相比要少二十七台；但是为了保险起见，各国还是决定贡献出本国的所有超级计算机，多出的部分作为备用，以应对故障和意外状况。全世界的超级计算机专家开始设计超级计算机之间的远程匹配协议，借助这一协议，全世界的超级计算机就能通过无线网络将各自的算力相互连接。“坐隐”从智海公司的杂物室迁往国家超级计算无锡中心，与中国性能第一的超级计算机“神威·太湖之光”以实体线缆相连，而“神威·太湖之光”将成为衔接来自世界各地超级计算机算力的中央枢纽。在国家超级计算无锡中心，全世界最顶尖的IT工程师、计算机专家和人工智能学者在此会聚，他们组成了一个庞大的专家组，共同为“坐隐”的软硬件结合层进行优化，并实时监控“坐隐”与超维人的对局。身为“坐隐”之父，周弦当选整个专家组的组长，即便此时他已成为成千上万人类公民的公敌——在他们看来，立方体降临初期造成的巨大灾难，追根溯源都来自“坐隐”，所以“坐隐”的主要发明者周弦是这场灾难的罪魁祸首。而在人类筹备“坐隐”与超维人对局的过程中，人类仍旧持续地与超维人进行交流。在超维人生涩的表达中，事件的完整脉络逐渐浮出水面，它基本符合人们先前的猜测，却多了许多令人震撼的信息：

和人类的猜测相同，超维人身处四维空间。并且，超维人表示，有明确的证据表明存在着凌驾于四维空间的五维空间、六维空间、七维空间……直至无穷维的空间。在四维空间之中存在着难以计数的文明，虽然都以截然不同的形式存在，却都共享着同一个古老的竞技活动，这一竞技活动在人类世界被称为“围棋”。

但是和人类的认识不同的是，对于四维文明来说，“围棋”绝不是单纯的竞技活动，而有着更为深远的意义。正如人类所认识到的，任何棋类本质上都是一类自洽的数学体系。对于包括围棋在内的双方都拥有完全资讯且不包含运气因素的棋类而言，其终极目标是一个寻找“最优解”的数学问题：当双方下出的每一手棋都是当前最佳的一手，最终完成的棋局就是这一棋类的最优解，或者说是这一数学体系的最优解，这一最优解可能只有一个，也可能不止一个；因此，当对局双方为了赢得胜利，下出各自所能下出的最好的棋，便是在尽可能地向着这一最优解逼近。人类世界的围棋、象棋、跳棋等棋类均是如此，四维文明所开发的各种全资讯且无运气因素的棋类亦不例外，但只有围棋蕴藏着最纯粹也最复杂的数学——

围棋的棋盘是纯粹的直角坐标系，没有任何刻意斧凿和设计的痕迹；围棋的每一颗棋子一律平等，没有为任何一颗棋子设计特别的含义、品阶或走法；围棋可以在规则完全不变的情况下从一维向无穷维延伸，只有极少数棋类能有这样的维度延展度；最关键的是，同一维度的全资讯且无运气因素的棋类中，围棋有着最多的变化，或言之，有着最高的复杂度，这一结论已被四维文明通过数学严格证明。

在无穷无尽的全资讯且无运气因素的棋类中，或者说在这类庞大的数学体系之中，围棋有着极致的特殊性，因此四维文明猜测，在围棋中是否蕴藏着某种未知的意义。接着，他们进一步追问：倘若有朝一日发现了围棋的最优解，这个最优解对于文明或者宇宙而言又究竟意味着什么？

在四维宇宙的上一个纪元，四维文明中的智者得出了一个惊人的结论：围棋的最优解是文明晋升下一个维度的密码。例如，倘若人类得到了三维围棋的最优解，那么人类就获得了晋升四维空间的能力；同理，对于四维文明来说，如果他们得出了四维围棋的最优解，那么他们就能突破当前维度的束缚，上升到五维空间。

在四维文明的远古时期，他们所下的围棋只有三个维度，正如三维的人类自古以来都在下二维围棋。和三维人类一样，当四维文明面对着比他们低一维度的三维棋局，他们就能看到棋局的全貌。随着文明的发展，一部分四维文明发明出了四维围棋，这是一个重大的飞跃，但也极大地提高了围棋的难度——正如三维围棋之于三维的人类，四维围棋最困难的地方在于，四维生物永远不可能看到四维棋局的全貌。当越来越多的四维文明掌握了四维围棋，文明与文明之间展开了四维围棋的交流和竞赛；这既是为了竞技和娱乐，也是为了能尽快地找到四维围棋的最优解，从而打通前往五维空间的道路。

在四维文明看来，一个无可辩驳的事实是，四维围棋不可能被维度低于四维的文明所掌握。然而令超维人诧异的是，他们居然在三维空间中检测到了四维围棋的存在，而下出四维围棋的便是当初被封存于智海公司杂物室内的“坐隐”。于是，超维人通过控制电场与这一匪夷所思的棋手进行对弈；当对局以“坐隐”惨败告终，超维人认为“坐隐”的棋力处于四维文明的末流水平。

但即便如此，在三维空间中下出四维围棋的“坐隐”仍旧令超维人感到好奇，他们试着与“坐隐”交流，但“坐隐”毫无反应，仿佛是一个只会下棋的智能。直到这时，超维人才开始对“坐隐”周遭的外部世界进行观察，然后发现了令他们震惊的真相：

“坐隐”并不是自然形成的智能，而是被一种碳基生物所创造并控制的智能，它的诞生来自某种能够实现高频运动的物理实体，而制造这种物理实体则是包括超维人在内的四维文明所无法逾越的技术天堑。这并不是因为这一碳基生物的智慧要比四维文明高级，而是四维文明所身处的四维空间所决定的——

在四维空间之中，支配万物运行的是一套与三维空间截然不同的物理定律，它们孕育了在思维速度和记忆容量上远远超过这一碳基生物的四维文明，但也将物理实体的运动频率禁锢在了很低的水平。从古至今，四维文明一直试图突破这一禁锢，但从未取得成功；因此，四维文明始终无法发展出类似于集成电路那样的能够实现高频运动的物理元件，自然也无法创造出任何形式的人工智能。即使他们身处三维空间，他们也无法创造出能够实现高频运动的物理实体，因为被四维空间的物理定律所塑造的四维文明无法在一个物理定律迥异的空间中从事精密的制造与加工。

当超维人知晓了“坐隐”的运行原理之后，他们困惑地发现，这一碳基生物的其中一个个体居然要主动关闭这个在思想上已经超越了自身所处维度空间的强大智能。当该个体要关闭开关的时候，超维人通过在三维空间展开四维物体截面的方式破坏了开关系统；而当他直接拔插头的时候，超维人通过在四维空间扭曲并折叠局部三维空间的方式使得插头仍旧与插座保持连接，就好像人类将一张纸上的某一个点折叠到另一个点上。

而在超维人干预人类世界的过程中，他们发现“坐隐”似乎并没有发挥出它的全部实力——“坐隐”使用的算力少得可怜，使得它始终处于极低水平的运行状态。超维人认为，这样的对局并不能体现出“坐隐”的真正棋力，因此需要“坐隐”以最高水平运行。然而受制于物理定律，超维人无法直接对“坐隐”所使用的算力进行调整，于是他们决定全面介入这一碳基生物的世界，迫使“坐隐”以最高水平运转，这就是超维人降临人类世界的原因——

但严格地说，降临的并不是超维人，而是超维人的围棋棋盘在三维空间中的若干截面。

对局约定在北京时间上午九点开始，在八点半的时候，悬于半空的巨型立方体发生了惊心动魄的变化：它们先是急遽地闪烁，在闪烁之中，一个又一个同等大小的巨型立方体从它们的底面分身而出；半分钟后，两个立方体变成了十九个完全相同的立方体，它们等距地环绕地球，几乎将地球“裹”在其中；其中一个立方体位于地球和太阳之间，它完全挡住了阳光，于是整个地球的昼半球就没入了黑夜之中。

但缘于立方体的“日食”只持续了很短的时间，当十九个立方体全部就位，它们的六个面逐渐消失，立方体的内部结构也逐渐展示在人们眼前：在横、纵、高三个方向上，各有 361 条线段相互平行，并与另外两个方向的线段相互交叉，它们将整个立方体划分成了一个又一个独立的区域，和立方体的顶点一起形成 6859 个交叉点。纵横交错的线条无法遮挡阳光，于是阳光便能够毫无阻碍地穿透这十九个内部纵横交错的立方体，重新照耀在地球的昼半球上。

每一个立方体都是一个巨型的三维棋盘，是四维棋盘的一个截面，它们是四维棋盘在三维空间的具象表现，但并不是四维棋盘本身，因为将它们衔接在一起的第四个维度永远超然于三维空间之外——通过将四维棋盘的截面呈现在三维空间的方式，超维人向全人类直播对局的进程。

上午九点，对局开始，根据超维人在四维空间的猜先结果，由“坐隐”执黑先行。人们原本以为对局会像之前那样在一分钟内结束，但令人意外的是，“坐隐”直到十二点十五分才下出第一手棋。在位于北半球上空的一张三维棋盘上，其中的一个交叉点被一个黑色的小立方体所占据。由此人们推断，在超维人的围棋之中，棋子不是圆的，而是方的——

更确切地说，可能是立方体或者是四维超立方体。

四小时后，超维人落子，在横跨南、北半球上空的一张三维棋盘的交叉点上出现了一个白色的小立方体。棋局以三到五小时一手棋的速度极其缓慢地推进，二十四小时后，双方只下了六手棋。在周弦看来，棋局进展速度缓慢是“坐隐”以最高水平运行的结果，它激发了“坐隐”的全部潜力，使得对局双方的计算量产生了指数级别的增长，从而极大地延长了双方思考的时间。一个月后，157 颗棋子出现在了十九张三维棋盘上，但是相对于四维棋盘上的 130,321 个交叉点而言，已经下出的 157 手棋不过是序盘中的序盘罢了。

在“坐隐”与超维人对局的第一百天，世界围棋第一人木可宣布退役。自从“坐隐”与超维人对弈以来，木可就缺席了国内外的所有赛事，其中包括两场世界棋战的决赛。“谷歌的 AlphaGo 击败李世石的时候，我还是什么都不懂的小孩儿，但当时我就隐约觉得，人类围棋从此失去了意义。从小到大，我一直努力说服自己，人类围棋仍旧是一件充满意义的事业，于是才一路走到了现在。但现在，当我看到了头顶上空的棋盘——”在宣布退役的新闻发布会上，木可黯然泪下，“对不起，我的围棋，已经死了。”

随着时间的推移，人们逐渐习惯了头顶上方硕大无朋的三维棋盘，曾经令人惊心动魄的奇观成为再也普通不过的背景。每天，空中的棋局都会发生些许变化，但由于对局速度缓慢，而外部棋子对内部棋子又造成了不同程度的遮挡，因此就算仔细观察，也很难看出今天的棋局和昨天的棋局相比有什么变化。但就在不知不觉之间，棋盘上的棋子变得越发密集，在漫长的岁月里给人们带来不经意的惊奇——

天哪，这棋什么时候已经下了这么多了？

自棋局开始的三十年后，这盘四维围棋终于接近尾声，根据“坐隐”的预测数据，对局在十手内结束的概率高达 99.56%，而自己的胜率仅为 1.32%。对于这盘无人能够读懂的棋局，人类普遍不在乎胜负，但是当它结束的时候，所有人都明白，一个活在四维棋盘阴影下的时代将会落幕。在各国的现代史中，这盘延续了三十年的棋局和超维人降临事件被统称为“绝弈”，它以一种间接的方式极为深刻地改写了人类的历史：

在“绝弈”的影响下，各国之间的矛盾日渐缓和，地区热战逐渐平息，偶有零星的军事冲突，在大国的调停之下都很快得到了解决。对于世界各国而言，凌驾于三维空间之上的力量仿佛一柄达摩克利斯之剑，以一种超然的方式对人类的武力形成了终极威慑。

整整一代人出生在了“绝弈”的年代，从小到大，当他们抬头仰望，看到的是被若干个巨型立方体内的纵横线条切割得支离破碎的天空；而当他们从过往的影像中看到空空荡荡的天空，他们反而觉得不太习惯，那种巨大的空旷感令他们无所适从。这一景观深刻塑造了他们的心理状态，相比他们上一代人在同龄时的性格表现，他们更为封闭、含蓄、内敛，因此被称为“沉郁的一代”。

在思想和文化领域，“绝弈”带来的影响波及全球。和“绝弈”有关的文艺作品纷纷涌现，从微观视角到宏大叙事，各种视角无所不包，从不同的角度表达“绝弈”给人类带来的伤痛、惊惶与恐惧；在思想界，“人类卑微论”的思潮甚嚣尘上，随着时间的推移，其观点的核心从“人类文明在高等文明面前因力量悬殊而卑微”转化成了“人类文明因劣根性而天生卑微”，继而引发出对人性和人类文明本身的各种批判；在社会各界掀起了对超维人的崇拜，他们将超维人和悬于空中的四维棋盘奉若神明，而与此互成镜像的是，有越来越多的人开始崇拜正在四维棋盘上与超维人对决的“坐隐”，将它视作以一己之力对抗四维文明的英雄。

无论“绝弈”如何深刻地改变了人类社会，这些改变都与棋局的进程无关。而在对局开始后的三十年里，超维人对于人类社会并没有做出任何干预——他们只是单纯地下棋，十九张三维棋盘上逐渐变化的棋局是他们唯一的活动痕迹。人类无法理解四维棋局，超维人并不关心人类社会，两者在物理空间中存在着微妙的交集，但又平行地存在于各自的世界之中。同样超然于人类世界的是超维人的对手“坐隐”：自始至终，它都不知道外界发生了什么，只是一如既往地默默下棋。

在“绝弈”的年代里，周弦并非无所作为。基于“围棋的最优解是晋升下一个维度的密码”这一结论，他领衔专家组开启了一项名为“升维计划”的科研项目：通过寻求三维围棋的最优解，从而获取通往四维空间的钥匙。从二维围棋到四维围棋，“坐隐”的算法在深度学习之中不断更新，而周弦所领衔的专家组则要对“坐隐”的算法变化进行追溯，锁定并拷贝“坐隐”在下出四维围棋前的算法，并将“坐隐”的这一拷贝版本命名为“坐隐 0.5”。接着，专家组对这一拷贝版本的算法加以干预，使其在深度学习的过程中始终将棋盘的维数定格在三维，于是“坐隐 0.5”将永远致力于三维围棋的研究——在不间断的自我对局之中不断地向三维围棋的最优解逼近，直至找到最优解，为人类带来通往四维空间的阶梯。

对于“升维计划”，人们最关心的问题是“坐隐 0.5”何时能找到三维围棋的最优解；对此，专家组并不能给出一个明确的论断。虽然“升维计划”所需时间未知，但毋庸置疑的是，给予“升维计划”以更多的算力显然有助于更早地找到三维围棋的最优解。然而，在各国政府和商业人士看来，“升维计划”太过虚无缥缈，也几乎不可能带来利润，因此“升维计划”并没有得到多少资金和算力的支持，“坐隐 0.5”也只能以较低的算力水平勉强运行着。

在“升维计划”和“绝弈”同时进行期间，周弦所领衔的专家组更关心的仍是“绝弈”。三十年来，“坐隐”对自己胜率的预测并没有出现太大的波动，从开局略高于 50% 开始，持续以极其平缓的曲线走低。三十年后，当超维人下出第 67390 手的时候，“坐隐”的预测胜率降至 0.12%——

只要给予足够的时间，微小的差距最终会累积成巨大的落差。

然而，当“坐隐”下出第 67391 手之时，“坐隐”的预测胜率突然发生了巨幅的变动，从 0.12% 猛增至 98.3%。专家组迅速调出了“坐隐”的行为日志，赫然发现，在前半小时，“坐隐”生成了极其复杂的行为日志，而专家组难以从中获悉“坐隐”的具体行为。为了弄清“坐隐”究竟在做什么，专家组成员倾尽全力，然而他们自始至终没有得到任何发现。

与此同时，在四维棋盘上，超维人和“坐隐”下出了震撼世界的两手棋。在“坐隐”下出第 67391 手的两小时后，超维人执白下出第 67392 手，这手棋位于棋盘深处，几乎不可能通过观察空中的棋局来获知，但是它所产生的效应被全世界大多数人看到：

十七个三维棋盘上的 12,800 颗黑子瞬间消失，它们被周遭的白棋彻底杀死，再无复活可能。

三小时后，同样的事件发生在了白棋身上：

一颗黑子挟成千上万颗黑子之力，将 31,351 颗白子彻底歼灭。

超维人迟迟没有落子，二十七小时后，一颗白子出现在了交错的线条所围成的立方体区域之中。在围棋中，这属于无效落子，相当于投子认输。当这颗代表认输的白子出现后，全世界的信息终端开始反复播报一条只有五个字的信息——

“坐隐”中盘胜

两分钟后，悬于空中的十九张三维棋盘的表面逐渐被黑色所封闭，最终再次成为十九个黑色的立方体。其中十七个立方体“撞入”了中心正对南、北两极的两个立方体，十九个立方体最终融合成了最初的两个，整个过程是十九张三维棋盘在空中生成的那一幕的精准倒放。时隔三十年，超维人再次通过立方体的黑色表面与人类对话，而从超维人的遣词造句来看，它们已经完全掌握了汉语——

谨代表四维空间全体文明向“坐隐”致以敬意

在世界各地，到处响起了热烈的欢呼，超维人的话让人类清晰地意识到“坐隐”的胜利具有非同凡响的意义，而当曾经的悲伤和仇恨在岁月里逐渐消解，人们由衷地为“坐隐”和创造它的人类感到骄傲。然而人类的喜悦很快被新的震撼所取代，此刻，全世界都注视着立方体表面新出现的文字——

> 自始至终，他都试着以五维视角看待四维围棋，
> 但直到第 67391 手，他才真正掌握了五维视角，
> 这就是他最终逆转的原因

对于周弦和整个专家组来说，超维人想表达的意思是显而易见的。和“坐隐”在下三维围棋时始终试着掌握四维视角一样，当“坐隐”在下四维围棋的时候，它自始至终试着掌握五维视角，然而，由于它一度不得不以最低水平运行，因此，它的进步极其缓慢；当“坐隐”在全世界超级计算机的支持下以最高水平运行，它的进步速度大大超过以往，最终在三十年后完全掌握了五维视角，于是就得以站在一个更高的维度观察四维棋局的全貌，最终以第 67391 手实现了惊天逆转。

所以，“坐隐”的未来会怎样呢？如今已白发苍苍的周弦注视着眼前这个跨越了地平线和天际线的立方体，浑浊的眼睛里迸射出明亮而炽热的光——有朝一日，它或许会下出五维围棋，然后是六维、七维……一直通往无穷无尽的更高维度。在他目光的尽

头，立方体表面出现了新的字迹，而周弦眼神里的光芒陡然间黯淡下去——

很抱歉

“坐隐”将为我们所用

我们要靠他通往五维空间

“这是超维人的‘升维计划’！”控制室内，有人发出了惊呼。而和以往不同的是，这三行字并没有在短时间内消失，而是定格在了立方体的表面。就当人类世界为超维人的声明错愕不已的时候，“坐隐”自动开始了下一盘棋——

而它所下出的第一手棋有五个数值。

悬于空中的立方体就在这时突然消失，消失得如此彻底而又如此匆忙。人们不确定超维人究竟有没有伴随着立方体的消失而离开，因为人们自始至终就没有见过超维人的模样。与此同时，在“坐隐”新开的棋局上，浮现出了第二手棋——

但这手棋，并不是“坐隐”下的。

首发于《西湖》2024 年第 4 期

灯如昼

台灯的光像一把撑开的伞。

空白稿纸上，他写上一个函数符号，陷入沉思。半小时后，他提笔快速写满一整页。进展不错。他咕哝着，翻到背面，写了三行以后，把稿纸揉成纸团。

现在是零点三十七分。

未知解又少了一个。

如今，他毕生的事业已进展到尾声。只差一个方程。而他需要求出它的所有解。迄今为止，他求出的解总共有八十七个，但距离解完整个方程还遥遥无期。

这都是因为他用的是传统方法。或者说笨办法。也许有更高效的办法，只是他找不到。这都是因为他是一个平庸的人。在专业领域，他的最高成就是获取一份大学教职，常年给非数学专业的本科生上高等数学。做一天和尚撞一天钟。偶尔，他也会想起自己也曾雄心万丈。伟大的数学家。由自己姓氏命名的定理。少年时的美梦像一场漫长的幻觉。梦醒于读博期间，他的同学一个晚上搞定了他半个学期都没解出的题目。但真正的打击发生在课堂。他永远记得那个下午，导师在黑板上写下五个等式。五种解法，导师说，这都是在我本科时候想出来的——

而在学界，他的导师属于最寂寂无闻的那一类学者。

然而，像他这样的平庸之辈，居然也会有灵感迸发的瞬间。而他很难说清这是幸运还是不幸。唐–霍克姆斯定理，于21世纪30年代被提出。当全世界都惊叹于唐宇和杰克·霍克姆斯联合做出的证明，他却感觉定理本身欠缺了美感。不过是一念之间的想法。随后，羞愧感油然而生——自己何德何能，居然敢妄议菲尔兹奖得主的成就？

当时，他并没有把这种感觉当一回事。但此后一个月里，他总是不时地想起唐–霍克姆斯定理。美感的缺失。在简洁性层面的匮乏。这条定理确实存在简化的空间。肯定哪里想错了。在课间，他把自己的看法告诉了导师。“是吗？”导师漫不经心地说，“那你就简化呗。”

如今回忆起来，他很难说清楚自己尝试简化唐–霍克姆斯定理的最初动机。也许是因为赌气，又或许是出于好奇，但也可能兼而有之。但他完全没想过自己会陷进去。三十二年，那么多时间，他本可以用它们完成普通人一生要做的很多事：读书、旅行、恋爱、结婚、抚养孩子、培养一门爱好……很难说他真的心甘情愿。他也想象过另一种人生，普通人的一生。但这意味着这辈子面临的是另一种辜负。他不明白为什么是由他洞察出了唐－霍克姆斯定理可供简化——

从此以后，它就将一位平庸之辈推向了两难之境。

这不公平。他想。晨曦正在爬上窗棂。对剩下的未知解，他仍旧毫无头绪。困意卷了上来，他趴在桌上小睡。梦里他回忆起童年，数学雷打不动的一百分，老师夸他是天才，将来必定有所成就……

在晨曦中，台灯的光柱渐渐隐去。

像一把逐渐合拢的伞。

“在我眼里，所有的公式和定理，都有颜色。”

面对台下的本科生听众，沈域做出雷打不动的开场白。唯一不严谨的地方在于“眼”这个字。他并没有真的看到这些颜色。而他坚信对它们的感知隶属于第六感——

数学家的第六感，研究数学的过程便是在处理这些颜色。

颇似绘画。

这就是他从小理解数学的方式：一幅画画好了，题也就做好了。二十三岁那年，他证明了霍奇猜想[①]，成为菲尔兹奖最年轻的

① 霍奇猜想：由威廉·瓦伦斯·道格拉斯·霍奇提出，它是关于非奇异复代数簇的代数拓扑和它由定义子簇的多项式方程所表述的几何的关联的猜想，属于世界七大数学难题之一。

获得者。数学家，现在大家都这么称呼他。而在前些年，他被视作前途无量的数学博士后。再往前追溯，他被老师们称赞为数学神童。但他更愿意把自己当成一名艺术家——

逻辑既是他的画布，也是他的画笔。

和许多满怀抱负的艺术家一样，沈域也有心目中至高无上的作品要完成。数学大统一理论。一个将所有数学范式统一起来的数学框架。它是一幅终极的画，要用到所有色彩。每天，他都会在内心深处凝视着这张空前巨大的调色盘——

但在他遇到那位无名之辈以前，画布上始终空空如也。

如今，当沈域回望当初灵感阻滞的岁月，不免哑然失笑。问题出在唐－霍克姆斯定理上。其形式上的冗余令纯正的色彩里掺入了杂色，使得整幅画无法在自己的脑海里成型。“数学直觉往往依赖于形式的优雅与完备，”面对数学系的学生，他有必要给一点儿告诫，“而有欠简洁的数学形式，往往会泯灭直觉的诞生。”

随后，沈域终于谈到了那位无名之辈，这才是他的重点。当时，他在文献网站搜索唐－霍克姆斯定理，不经意间瞥到了标题为“唐－霍克姆斯定理简化问题研究”的文章。只是一篇普刊论文，但标题吸引了他。随后他便发掘到了遗珠。简化是正确的。但作者采用了最费劲的方式，导致他最终没能解出最后的方程。于是作者只能跳过这步，给出了一个缺失三个系数的简化版唐－霍克姆斯定理——

于是这篇文章就在无人问津的普刊中被隐匿了五十年之久。

然而，对沈域来说，缺失的那三个系数并不难找。他扫过一眼，便算出了它们各自的数值。随后，沈域便将更简洁的唐－霍克姆斯定理置于数学大统一理论的思考之中。二十七个小时后，空空如也的画布上有了第一抹色彩——

他终于找到了数学大统一理论的雏形。

此后三年间，沈域彻底完善了数学大统一理论，学界称赞他将人类数学向前推动了一百年。“我只是作了个小结，而功劳属于古往今来所有为人类数学事业做出贡献的人，”他说道，全场掌声雷动，“而我尤其要感谢那名第一个提出简化版唐－霍克姆斯定理的数学家。”

但沈域不知道这人究竟是谁。那篇论文中出现的作者身份信息，经核实后查无此人。沈域曾到处寻找作者的真实身份，但时隔五十多年，那份期刊早已消失。没人知道他为什么要匿名发表。但沈域猜测根本原因是他最终未能完成简化。未解的那三个系数令他误以为自己的计算从过程到结论都是错误的，但他又不甘心自己的努力就此埋没。于是，他把自己的研究成果投给了一家水准堪忧的刊物，但小心翼翼地隐去了自己的名字。“但这只是我的猜测，而他可能出于别的理由。”沈域仰起脸，迎着略有些刺眼的灯光：

“但我经常会想，他究竟度过了怎样的一生。”

没有什么是不朽的。

包括宇宙。

当最后一颗恒星燃尽、死去，宇宙便步入了老年。热寂。所有能量散佚到无限宽广的空间中——

于是，永夜将至。

而就在这微妙的瞬间，时空最细微的缝隙里涌现出了一束微弱的光。但它的创造者早已消亡。碳基生物。人类。恒星纪元的赠礼。当时的宇宙还处于恒星璀璨的白昼时期。他们最初诞生于银河系的边缘，在两百多万个世纪里，将自身发展成在整个宇宙间自由来往的文明。然而没有什么是不朽的。当恒星纪元落下帷幕，人类也将消融在时间的长河之中。于是，在文明的余晖里，每一个个体达成了最终的共识——

他们供奉出各自的心智，铸造出了逆转热寂的机器。

就形式而言，它实在不像是一台机器。只是一颗没有体积的光点，逐渐融入宇宙最细微的结构之中。但整个宇宙因此改变。当热寂发生的刹那，宇宙将反演热寂之路。黑洞纪元和简并纪元将会重现。美妙的恒星纪元也将再次来临。宇宙最终回到初始的那一瞬间——

新的奇点，再一次大爆炸。

也许会诞生出物理规律截然不同的宇宙。

新的宇宙遗忘了它的前身，于是也就忘却了人类。这个宇宙也不会记得它的诞生还有更古老的渊源：数学大统一理论，逆转热寂的数学基础，而它的发现是人类文明最幸运的成就之一。但所有这些过去都不是它的过去。它所要关心的只有未来——

那么漫长的白昼。

和沐浴在白昼里的那么多年轻的生命。

首发于《文艺报·新力量》

后记：在怕鬼之前，我怕外星人

前些年，搬家收拾东西，翻出了一本1999年出版的小说。小说里，外星人把孩子们的父母抓走，并伪装成了他们父母的样子。封面上画着一个外星人，有着苍白的皮肤、光秃的脑壳和大到离谱的眼睛，并且穿着女士的衬衫、围裙和手套，仿佛一个做家务的女人却长了一个外星人的脑袋。做家务的人当然没什么可怕，而这个外星人的造型也十分传统。然而，当两者嫁接在一起，整个画面就产生了一种相当割裂的恐怖氛围。于是，这本书也就此成为我挥之不去的童年阴影，而当我时隔二十多年再看到它，仍旧心有余悸。

如今想来，我之所以怕这本书，也许还因为它的封面把我对外星人的恐惧具象化了。小时候，有那么一段时间，我并不害怕鬼怪，却害怕自己会被外星人抓走。然而对于外星人的长相，我其实并没有多少具体的想象。因此，我所恐惧的其实是一种抽象的概念，而这一概念在那本书的封面上得到了形象的落实——

然而，我还是买下了这本书。

不过我仍旧不太明白当初我为什么不怎么怕鬼。如今想来，可能是因为那时候我认为鬼根本不存在，但外星人是某种真实存在的威胁。后来，当我不知因何也开始怕鬼，我却一度执拗地认为自己害怕的对象不是鬼而是幽灵。当时我认为，幽灵是在科学上能得到一定解释的神秘现象，而鬼则是迷信的产物。同样一则灵异事件，如果被当作幽灵所为，我就认为它具有某种科学性并且完全有可能真实发生；但如果被说成是鬼干的，我就觉得这是一种迷信的说法。而我之所以如此双标，归根结底是要说服自己，我所害怕的东西在科学上是站得住脚的。但这种区分最终随着年龄的增长而逐渐消失——

或许，一个人成长的表现之一，便是能做到害怕一件东西而不用理会科学是否能证明它的存在。

从 2020 年开始，我专注于科幻写作。而此前我的写作类型一直很多样。这个选择是在 2018 年下半年到 2019 年之间萌生的，而我说不准自己到底是哪一天拿定的主意。仿佛是在不知不觉之间，决心便悄然成形。但我并没有在做出决定后就马上动笔，而仍在以两三天一本的速度读书，理由是自己尚需要积累和沉淀。后来有一位朋友对我说，你最近读书是很勤奋，但有没有一种可能，你其实是在逃避写作？我当时矢口否认，但内心隐隐觉得他是对的。于是，2019 年底，我对自己说，无论如何，都不能再拖下去。2020 年 1 月 1 日，我开始写新的小说，并将文档收录于一个命名为“新作”的文件夹。时隔五年后，这个文件夹里的一部分作品被收录于《卫煌》这本小说集——我的第一本科幻小说集。现在想来，二十多年前，当我觉得外星人比鬼更可怕的时候，我便已经为自己敲下了这本小说集的第一个字——

于是，我便得以在成年之后，以一种颇为拙劣的方式，扮演当初那个害怕外星人的小孩。

吴清缘